# Prosa de Papagaio

Gabriela Guimarães Gazzinelli

# PROSA DE PAPAGAIO

EDITORA RECORD
RIO DE JANEIRO • SÃO PAULO
2010

CIP-BRASIL. CATALOGAÇÃO-NA-FONTE
SINDICATO NACIONAL DOS EDITORES DE LIVROS RJ

G258p

Gazzinelli, Gabriela Guimarães
    Prosa de papagaio / Gabriela Guimarães Gazzinelli. - Rio de Janeiro : Record, 2010.

    ISBN 978-85-01-09097-3

    1. Romance brasileiro. I. Título.

10-2536
CDD: 869.93
CDU: 821.134.3(81)-3

Copyright © Gabriela Guimarães Gazzinelli, 2010

Texto revisado segundo o novo Acordo Ortográfico da Língua Portuguesa.

Todos os direitos reservados.
Proibida a reprodução, no todo ou
em parte, através de quaisquer meios.

Composição de miolo: Abreu's System

Direitos exclusivos desta edição reservados pela
EDITORA RECORD LTDA.
Rua Argentina 171 - Rio de Janeiro, RJ - 20921-380 - Tel: 2585-2000

Impresso no Brasil

ISBN 978-85-01-09097-3

PEDIDOS PELO REEMBOLSO POSTAL
Caixa Postal 23.052 - Rio de Janeiro, RJ - 20922-970

"O papagaio contentava-se com os farelos da ambição, fragmentos que ficavam,
por acaso, na placa da gaiola. Pois é. Muita
gente é assim."

Luís da Câmara Cascudo, *O tempo e eu*


"[...]the world is but a place of many words
and man appears a mere talking animal
not much more wonderful than a parrot."

Joseph Conrad, *Under Western Eyes*

"— O mundo — redarguiu o canário com certo ar de professor —, o mundo é uma loja de belchior, com uma pequena gaiola de taquara, quadrilonga, pendente de um prego; o canário é o senhor da gaiola que habita e da loja que o cerca. Fora daí, tudo é ilusão e mentira. (...)

Três semanas depois da entrada do canário em minha casa, pedi-lhe que me repetisse a definição do mundo.

— O mundo — responde ele — é um jardim assaz largo com repuxo no meio, flores e arbustos, alguma grama, ar claro e um pouco de azul por cima; o canário, dono do mundo, habita uma gaiola vasta, branca e circular, de onde mira o resto. Tudo o mais é ilusão e mentira. (...)

O canário, estando o criado a tratar dele, fugira da gaiola. (...)

— O mundo — concluiu solenemente — é um espaço infinito e azul, com o sol por cima."

Machado de Assis, *Ideias de Canário*

*para Eduardo.*

# Prefácio em louvor da tagarelice

ALERTO MEU leitor que encontrará nestas páginas umas memórias um tanto curiosas. É que há nelas um viés inequivocamente ornitológico. São esquivas, ligeiras e meio erráticas. Das coisas humanas, talvez reclame mais profundidade que lhe oferece essa visão de pássaro. Sendo papagaio, todavia, não me poderiam sair de outra maneira.

À perplexidade, leitor, não raro, sucede a incredulidade. Como?, pergunta-se. Um papagaio se dando tantos ares? Ora, ora, meu caro, atenha-se ao seu poleiro, são as palavras que seguem. Continua belicoso: caem-lhe melhor as gracinhas de papagaio que repete sem muita ciência. E, sem qualquer hesitação, o leitor mais injurioso põe-se a repetir semelhantes disparates. Faz do risco das minhas asas à curva do meu bico objeto de chacota. Impiedoso, desdoura minhas avículas palavras, vitupera o lustre de minha pena.

Ao possível ceticismo desse meu imaginário leitor, respondo com uma velha história indiana, a *Tutinama*, que revela o papel salutar que teve a tagarelice do papagaio na preservação da moral outrora. Segundo a antiga tradição sânscrita, certa vez, um comerciante partiu em uma longa viagem para comprar sedas, jade e nanquim. Deixou a sua esposa amada aos cuidados de seus pássaros de estimação, um mainá e um papagaio, que poderiam distraí-la durante sua longa ausência.

Tão logo o comerciante partiu, a esposa, tomada por tristeza, subiu ao terraço para ter com os jasmins. Em sua solidão, murmurava confidências para as flores, quando um belo estranho começou a rondar a casa. Entreviu-a pelas treliças e trepadeiras, admirando-se com os olhos grandes e as curvas insinuantes da mulher do comerciante. Dirigiu-se a ela com o firme propósito de seduzi-la e corromper-lhe a virtude, como sói acontecer às esposas abandonadas. Lisonjeada pela súbita paixão que inspirava no estranho, ela logo se deixou levar pelas suas palavras. Os dois combinaram que se encontrariam ao crepúsculo, hora mais apropriada para os amores clandestinos, o violeta das sombras encobrindo os gestos velados.

O papagaio e o mainá se inteiraram do que se armava e puseram-se a matutar sobre maneiras de dissuadi-la de tal projeto. O mainá, inocente e pouco dado aos artifícios da astúcia, era favorável a um diálogo franco. O papagaio, por seu turno, defendia caminhos mais oblíquos: sua senhora era muito voluntariosa, e de nada lhes serviria opor-se ao encontro ou ameaçá-la. Para a infelicidade de ambos, a percepção do papagaio é que se provou mais justa. Quando o mainá suplicou que desistisse do encontro furtivo, ela quase lhe torceu o pescoço. Escapou, por um triz, pela claraboia e nunca mais foi visto naquela vizinhança. O papagaio teve, então, de se voltar sozinho à difícil tarefa que se lhe impunha de preservar a honra daquela casa. Empoleirado, taciturno, passou longo tempo cismando. Depois de muito meditar, à hora de sua partida já havia pensado uma solução.

Quando a senhora passou por ele, bela e perfumada, o papagaio pôs-se a papagaiar, instruindo-a sobre como se tornar uma sedutora irresistível. A senhora hesitou. O papagaio continuou. Ilustrou os conselhos com uma história cheia de intrigas e mistérios. A senhora não resistiu à sua natural curiosidade e permaneceu junto do papagaio para conhecer o fim daquela história. A narrativa logo fez com que ela se esquecesse do encontro furtivo, permanecendo em casa por aquela vez.

Na noite seguinte, depois de muito refletir durante todo o dia, o papagaio havia pensado uma continuação para as histórias da véspera, igualmente envolvente, mantendo-a novamente cativa de sua curiosidade. As narrativas se desnovelaram durante os setenta dias de ausência do comerciante, enredando a esposa em um passatempo mais inocente do que aquele que lhe prometia o belo estranho. Quando, por fim, o comerciante retornou e soube pelo papagaio de tudo o que sucedera, reconheceu a sabedoria do pássaro que lhe havia preservado a honra. Logo perdoou a esposa arrependida. *Viveram os três felizes para sempre.*

À luz dessa história, espero ter evidenciado ao querido leitor os equívocos de tantos autores — nem todos um Plutarco — que escreveram contra a tagarelice. Como se viu, o tagarelar se presta aos fins morais mais elevados. Ademais, a loquacidade é a trama mesma em que se entretecem as relações sociais. É a fofoca que faz o mundo girar. Sem semelhantes hábitos conversacionais, não progrediriam ciência e artes, para as quais é tão essencial jogar conversa fora.

Dada a virtude da palrear, haverá de reconhecer o valor do papagaio, o mais tagarela (e, não à toa, o mais sábio) dos pássaros. O senso comum revela-se, dessa feita, equivocado quando, inconsequente, afirma que "papagaios induzem ligeirezas". Feita essa digressão, restam-lhe dúvidas de que os papagaios somos bons camaradas? De que quiçá temos algo de interesse a papear?

Deixe aos ornitólogos as indagações sobre nossas habilidades cognitivas e desfaça-se dessas desconfianças que podem ser tão nocivas à amizade que acabamos de formar. Volte-se a essas páginas com o vagar de quem lê os relatos de terras e costumes espantosos sem muito se preocupar com sua veracidade. É só o que peço. E do ramo fantasioso vão se destacando uns grãos de verdade, com os quais pode ir enganando a fome.

# I.

## *Ab Ovo*

SÍLVIA CANTAROLA na sua escrivaninha, que dá para o jardim. Canta em uma voz grave e agradável que me faz esquecer das minhas usuais preocupações de papagaio. Com seu gracioso desalinho, demora os olhos negros rasgados no azul-violeta das flores do jacarandá-mimoso caídas ao pé de sua janela. Esse é um dos seus gestos que tanto encanta o professor Horácio, de quem cuido desde a meninice e que trouxe, a ela e a mim, a esta casa pacata, um pouco afastada dos tempos.

Boceja e fecha distraidamente o romance que finge ler há quase uma hora. Afaga o Cosme, o pequeno galgo deitado ao seu pé, na faixa de sol já encolhida do final da manhã. Ciumento, grito o meu rouco "Louro, louro", para ganhar um pouquinho de atenção (roubando-a, naturalmente, do meu arqui-inimigo canino). Sílvia me ignora por alguns minutos. Sou obrigado a repetir escandalosamente "Louro, louro; louro, louro; louro-louro", até que ela ria da minha insistência.

— Está aí, Louro? — Pestaneja ao fixar seus olhos sobre a luz do dia em que está o meu poleiro.

— Louro! — digo que sim, à minha maneira.

— Estou tão entediada, Louro. As horas arrastam-se como uma lesma reumática. Não quer me contar uma história?

Eu, que adoro papear mais do que tudo, limpo a garganta e coloco-me a falar loucamente. Aparecido que sou, nada me agrada tanto, leitor, quanto alguém que escute as minhas gracinhas. O meu repertório é vasto e variado. Com a velhice, contudo, vem-se afunilando: vivo mais e mais nas lembranças de outrora, quando era ainda de um verde exuberante e experimentei muitas boas (a)venturas. Com o convite de Sílvia, tenho a oportunidade de iniciar a composição dessas minhas memórias e ver como soam a seus ouvidos sensíveis. Inicio, pois, o meu memorial:

— Poderia começar falando de minha ascendência ilustre. Tataravós meus voltejavam entre os galhos da copa de um pau-brasil no dia em que Caminha botou pé nestas terras e escreveu estas linhas: "enquanto andávamos nessa mata a cortar lenha, atravessavam alguns papagaios essas árvores; verdes uns, e pardos, outros, grandes e pequenos, de sorte que me parece que haverá muitos nesta terra." Tataravó Nhenhenhem estava entre os "verdes e grandes". Conta-se que ela e meu tataravô sentiram-se deveras perplexos com a aproximação daquelas primeiras caravelas lusas, às quais sucederia um sem-número de outras, trazendo devastação à nossa morada idílica.

"Contudo, prefiro deixar de lado os ancestrais. Caso invertesse o sentido do meu escrutínio, poderia voltar-me para a minha prole numerosa e preclara, cujos feitos umedecem os olhos deste velho papagaio-coruja. Os pequenos não trouxeram desonra ao nome ilustre que herdaram. Parece-me, por vezes, que em suas vidas encontro a realização plena de nossa família muito mais que quatrocentona. São a minha alegria e a minha felicidade. Mas poupo Sílvia do aborrecimento de conhecer os primeiros voos, as pequenas travessuras, as primeiras palavras.

"Poderia, ainda, relatar meus feitos linearmente, do dia um, quando quebrei a casca do ovo (ou até antes, do momento mesmo de minha concepção), até minha velhice confortável, após muito pelejar. Passaria pelas belas lições morais da educação do filhote que fui, pelos feitos precoces que prenunciavam a grandeza da ave que seria, pelas provas de virtude que daria na vida adulta. Concluiria com as pílulas de sabedoria que receito a meu bel-prazer, na idade avançada, para enorme benefício de todos que me cercam. Porém, a despeito da beleza da unidade de tal projeto, sua grandiloquência não resistiria à mofa deste novo século. Se verossímil, há um quê de afetação em uma narrativa que busca assemelhar a literatura à vida, ocultando na cronologia os artifícios ficcionais.

"Poderia, ainda, emulando o bruxo, assumir uma pena melancólica na narrativa dos fatos, percebendo-os através das lentes cinéreas de quem já se encontra no mundo dos mortos. O desapego à fama e à opinião dos que atravessam o Estige, conhecido desde Menipo, favoreceria a elaboração de memórias muito mais críticas e céticas, para o benefício de todos. Porém, às sombras conduzem as sombras; tenho mais medo da morte do que tudo. Deixo esse tipo de exercício literário aos mais audazes, como Brás Cubas, que já lá estiveram.

(Cof, cof, tosse Sílvia, faço-me de desentendido e continuo.)

— À luz de tudo isso, desfaço-me de qualquer pretensão à grandeza e recolho-me em minhas singelas plumas. De coisas ínfimas se faz uma vida — alpiste crocante, castanhas adocicadas, frutas tenras, banho de sol, água fresca, brisa benigna, papagaias espirituosas, bons amigos. De coisas ínfimas se faz uma vocação... — quando estou enfim prestes a começar, minha ouvinte me faz perder o fio da meada.

— Cof, cof... — tosse Sílvia mais uma vez, me interrompendo. — Louro, interessantes suas divagações, muito interessantes... Porém, combinei de almoçar com a Sibila. Você sabe como ela é impaciente. Escreva, Louro, escreva tudo isso, que darão umas belas páginas. — Sílvia dispensa-me com um sorriso.

Junta a papelada em sua escrivaninha com um ar distraído, quase descuidado. Enfia o manuscrito em sua pasta verde. Toma a bolsa e passa os dedos pelos cabelos de um castanho escuro e lustroso. Demora-se um pouco, hesita em deixar o casulo. Sílvia toma coragem. Olha-se no espelho uma última vez. Despede-se de mim com um tchauzinho, deixando no ar as promessas perfumadas de jasmim liquefeito que guarda em um vidro cheio de volutas. Sai às pressas. Sibila é sua feroz editora, daí a pressa.

— De coisas ínfimas se faz uma vocação — continuo baixinho, pensando comigo mesmo. As palavras de Sílvia me pareceram um elogio... Subitamente fico todo inchado. Arrepio as minhas penas:

— Não é que minhas memórias têm potencial literário? Da observação de coisas ínfimas espero preencher estas páginas.

## II.

## *Sílvia*

MINHA SENHORA, que conheceram no último capítulo, é de uma personalidade exuberante. Voluptuosa, linda, cheia de encantos. Seus olhos, grandes e negros, convidam confidência, parecem tudo compreender. Permanece, contudo, um pouco alheia às preocupações que afligem os outros, parece habitar dois mundos a um só tempo. Como se isso não bastasse, escreve poesia bem e tornou-se a musa das novas vanguardas. Está no coração do novo movimento literário e, por assim dizer, no coração de todos que dele participam.

Quem a conhece invariavelmente se pergunta como conseguiu Horácio convencê-la a se casar com ele. Ainda não tiveram a oportunidade de conhecer o professor, mas trata-se de um estudioso caturra, antissocial e, com seus ares tísicos, destituído de qualquer charme. Tentam, por vezes, imaginá-lo com um pouco do viço da juventude que quiçá tivesse quando se conheceram nos anos da faculdade. Mas eu, que o conheço desde a mais tenra infância, posso confirmar que Horácio nasceu com 80 anos. Teria seduzido Sílvia com a picante lírica latina? Recorreu a um nganga? Valeu-se de alguma mandinga? Será que tem uma face oculta, infinitamente mais interessante, desconhecida mesmo de seu velho papagaio? Deixemos Horácio de lado por ora, é Sílvia que nos interessa.

Aproxime-se, leitor, ela já partiu para o encontro com Sibila. Chegue até a janela. Empurre as translúcidas cortinas de *voile* para o lado. Ali está a escrivaninha de Sílvia, voltada para meu poleiro. Nela, há livros, papéis, lápis, canetas, cadernos de variados tamanhos, uma xícara de chá preto, o peso de papel em formato de pombo que guarda desde a infância, o pequeno vaso de violetas que rega tão amorosamente dia sim, dia não... Se tiver sorte, encontrará o esboço de alguns versos brancos. Não fique tímido, quando ajustar a vista à penumbra, veja com vagar o escritório para que melhor o conheça. Algo reluz lá dentro? Há de ser o espelho já um pouco esfumaçado da pequena penteadeira com tampo de mármore rosa, que fica ao lado da escrivaninha.

Sílvia costuma sentar-se lá todas as manhãs antes de sair, com uma disposição contemplativa. O cãozinho da casa, Cosme, saltita ao seu redor, fazendo-se adorável para ganhar algum afago e dissimulando seus instintos assassinos. Sempre que Sílvia senta embonecando-se com os cremes perfumados e seus pós de matizes variegados, desdobrando-se em gestos mimosos de toucador, joga um pouco de conversa fora comigo. Entabulamos os diálogos mais triviais. "Pois então, Louro? O que acha de tal ou qual vestido? O decote lhe parece exagerado?" Sílvia pergunta. Imagine, penso comigo mesmo. Vez ou outra, delineia os olhos e pinta os lábios: "Não sei se o vermelho me cai bem..." Como não?, cacarejo sempre em resposta e penso nas papagaias da minha própria juventude.

O que foi isso, leitor? Viu também um espectro? O escritório transfigura-se em tons lúridos que contrastam com a luz do dia. Sinto-me subitamente desarvorado. Volto para a escrivaninha, de lá alço voo pelo vão da janela até o cálido abrigo do jacarandá-mimoso. Não gosto muito de frequentar o escritório quando Sílvia está fora. Tenho sempre a impressão de que há um vulto no fundo do espelho. Agora mesmo vi-o de relance, mas escapou pelo canto dos meus olhos. Seria uma das gêmeas? Gostam muito de brincar no escritório da mãe quando ela sai, como se encontrassem certo conforto na presença de suas coisas. Varro o escritório com meus olhos, mas não vejo Celina ou Laura. Teria sido Cosme? Um silêncio astroso parece ensombrecer vidros, caixinhas, pincéis e escovas desarranjados sobre a penteadeira.

Antes que se precipite, leitor, e dispense Sílvia como fútil ou frívola pelo seu apego ao espelho e ao cosmético, gostaria de dizer algumas palavras em sua defesa. Na verdade, quem a conhece sabe que lhe falta qualquer ânimo para as futilidades banais da vida. Mas vestidos não são artigos de pouca monta. Não são só as leis e as guerras que deitam impérios a perder, mas também os trajes. Sílvia, longe de fútil, sofre de excessiva sensibilidade estética, o que é natural em se tratando de uma poetisa. O cultivo da beleza corresponde, para ela, a um modo de vida que alimenta sua sensibilidade literária. Há outros exercícios de estetização da realidade que não literários, que vão desde a moda até a disposição dos objetos sobre a penteadeira. E nisso não há nada de superficial.

A beleza das formas de um enfeite transcende o reluzir de uma pedra ou o intricado desenho de um arabesco metálico. O adorno evidencia a ordem do cosmo, que se revela em tudo que há. Dessa feita, a apreciação estética ou cosmética está no cerne mesmo de todos os esforços em decifrar a natureza.

# III.

## As gêmeas

ENQUANTO ESTAMOS aqui distraídos, falando da Sílvia, do belo, do cosmo, ouço o rumor de uns passos que conheço bem. São as gêmeas, em cujo encalço segue o galgo italiano. Procuram sempre a minha companhia de manhã quando a mãe e o pai saem e ficam sós. Estão ainda de pijamas no meio da manhã, no que imitam o pai. A visita é interesseira. Trazem consigo cadernos e estojos. Têm um ar meio descuidado, os cabelos anuviando em torno de suas cabeças em um ninho de guacho.

Os pais tentam desde sempre diferenciá-las em tudo que podem. Mas, na medida em que crescem, Laura e Celina resistem a tais esforços de distinção. Cultivam a semelhança com determinação. Têm a natural autossuficiência que caracteriza os gêmeos. Fazem tudo juntas, gostam das mesmas coisas, consultam-se a cada instante. Aterroriza-as a ideia de uma eventual separação, embora sejam quase indiferentes à distância habitual da mãe ou do pai.

Agora que já estão mais crescidinhas, em idade escolar, passam muito tempo abandonadas aos próprios fins. Eu, que disponho de tanto ócio, assumo o papel de papagaio-governanta. Sem falsa modéstia, as meninas beneficiam-se muito da minha sabedoria e dos meus conselhos. Quando os pais estão fora, por exemplo, oriento os seus estudos. Procuro também, de quando em quando, instruí-las sobre a vida. Sei que o mundo não é fácil hoje em dia, e que as crianças estão mais e mais perdidas. Outro dia, ... As gêmeas mexem-se inquietas e impacientes e procuram atrair minha atenção:

— Louro — falam em uníssono, com vozinhas chilreadas —, não quer nos ajudar com os deveres de casa?

— Claro, meninas! Vamos lá. Que tal começarmos com aritmética? Uma vez um é igual a um... duas vezes um é igual a dois... duas vezes dois é igual a quatro... duas vezes três é igual a seis... duas vezes quatro é igual a dez... duas vezes cinco é igual a 89... duas vezes seis é igual a 6 zilhões... duas vezes... — aprendi a tabuada junto com Horácio há várias décadas e preciso confessar que até hoje tenho especial prazer em recitá-la.

— Não, Louro, matemática já fizemos — diz Laura, tentando conter o riso, enquanto Celina ri às gargalhadas. As gêmeas, por algum motivo qualquer, sempre começam a rir quando quero ajudá-las na matemática. Justo a matemática, que é meu forte.

— Pois bem, meninas. Como posso ajudar, então? — pergunto um pouco ressabiado, olhando-as de soslaio.

— Bom, Louro, o 7 de Setembro está chegando, e a professora pediu que fizéssemos uma redação sobre algum dos símbolos nacionais. A bandeira é o mais óbvio, pensamos em... — conta Celina.

— Que bandeira o quê, Celina! Escrevam sobre a ave nacional! Está aí um símbolo muito mais alusivo, muito mais expressivo, muito mais eloquente! — digo com justificado entusiasmo.

— Mas Louro, que estranho, nunca soube da existência de uma ave nacional — afirma Laura, um tanto desconfiada.

— Eu tampouco — diz Celina.

— Mas há uma ave nacional. E meninas espertas que são, aposto que são capazes de adivinhar qual é esta ave — respondo com um sorriso insuspeito.

— Seria o tucano? — pergunta Laura, provocando.

— O quê? Aquele bicudo? Quem em sã consciência o escolheria como ave nacional? — Digo ultrajado.

— Então a arara? — É a vez de Celina.

— Não, senhora! Está muito enganada. O papagaio é que é a ave nacional por excelência. Que outra ave é verde-amarela, lhes pergunto? — protesto.

As gêmeas dão aqueles seus risinhos insolentes. Mas começam a fazer umas anotações em seus cadernos espirais:

— O que mais podemos escrever, Louro? — pergunta-me Celina.

— Se me tomarem, verão que os papagaios são exemplares de tudo o que há de mais brasileiro: inteligentes, falantes, loquazes, belos, elegantes, esbeltos, musicais, espertos, simpáticos boas-praças... — Sou brindado por um coro de novas risadas, mas aos poucos as meninas concentram-se na tarefa, imagino que tecem à minha espécie mil elogios.

Antes de passarmos ao próximo capítulo, leitor, quero confessar-lhe algo. Tive aí de recorrer a uma simplificação didática para facilitar a compreensão das gêmeas. Verdade é que a questão é um pouco mais complexa do que fiz parecer. Várias metáforas ornitológicas já foram aplicadas ao Brasil. Há muitos outros pretendentes ao título de ave nacional.

Ainda durante o Império, quando os românticos se ocupavam da formação do imaginário nacional, Gonçalves Dias quis resumir a bela fauna brasileira em uns sabiás abestalhados cantando nas palmeiras. Em seu exílio, suspirava, de maneira inusitada, pelos tais sabiás. A despeito da imprecisão desses seus versos (onde já se viu sabiá cantando em palmeiras?), o poeta imortalizou os sabiás como aves símbolos de nossa terra na literatura romântico-nacionalista.

Mas os sabiás de Gonçalves Dias foram só o começo. Capistrano de Abreu, um seu quase contemporâneo, em contraste, elegeu uma ave menos airosa como símbolo nacional. Avesso aos arroubos ufanistas, quis assemelhar a terra pátria ao jaburu, ave feia e desengonçada. Sendo assim, na segunda metade do século XIX, entre outras aves, sabiá e jaburu disputaram o título de ave alusiva à brasilidade.

Na virada do século XX, por seu turno, os entusiastas da logomania de Rui Barbosa quiseram elevar a nação ao estatuto de uma águia. O projeto aquilino naturalmente não teve muito fôlego, pois já se desconfiava de que outra ave, da família psitaciforme, resumia todas as virtudes brasileiras. Algumas décadas adiante, foi Mário de Andrade, com sua habitual perspicácia, quem reconheceu no papagaio a ave que melhor simbolizaria a identidade nacional. Atribuiu a um papagaio verde, de bico dourado, as narrativas das desventuras de Macunaíma, nosso herói sem nenhum caráter. O papagaio falava uma fala mansa "que era caxiri com mel-de-pau, que era boa e possuía a traição das frutas desconhecidas do mato". Depois de contar tim-tim por tim-tim ao Mário, abriu asas rumo a Lisboa.

Desde então, parece-me existir um consenso nos meios acadêmicos de que os papagaios somos os mais brasileiros dos brasileiros. Faço saber que tal consenso já se estabeleceu mesmo fora do território nacional. Ora, ora, que ave senão um papagaio teria sido escolhida por Walt Disney quando criou o personagem brasileiro Zé Carioca? E essa escolha não é de pouca consequência, leitor; sem exagero, o nosso Zé Carioca foi um instrumento de diplomacia no jogo das relações bilaterais. Isso dito, que sabiás, tucanos, jaburus, águias e araras formem um belo e colorido cortejo em torno do papagaio, *primus inter pares.*

# IV.

## *Horácio*

ABANDONEI-O, MEU leitor, por uns dias e, hoje, quando retomei estas memórias, me dei conta de que ainda não o apresentei a Horácio, meu menino já crescido, por quem tenho a maior estima. Horácio me pertence desde a sua mais tenra infância, quando era de uma inteligência precoce, que se manifestava vez por outra em certa estranheza. Quantas noites não passamos juntos em claro, ele sentado, eu sobre o espaldar da cadeira, lendo algum romance? Com o passar do tempo, a precocidade deu lugar a uma sabedoria um pouco bolorenta, em que as esquisitices proliferam.

Como se poderia facilmente adivinhar, meu senhor é um exemplar de todas as excentricidades imagináveis. Tem uma coleção de manias um tanto singulares. Não se trata apenas de um gosto duvidoso por livros velhos e poeirentos, escritos em línguas mortas. Ou de sua mania de decorar extensos trechos de poesia, ao enfado de cuja recitação nos submete regularmente. Ou de ter sempre de falar todos os sinônimos ou variantes de uma palavra que utiliza. "Na inversão, reviravolta, revolução, catástrofe... trágica reside o sentido mor da tragédia antiga." Esse hábito não se restringe aos termos eruditos, marcando também as suas falas sobre os assuntos mais corriqueiros — "Alguém roubou minha cadeira, cátedra, assento, silhão, faldistório?" Consuetudinariamente (para usar uma expressão que suponho que lhe agradaria), progride dos termos mais usuais para os definitivamente exóticos.

Sua excentricidade se manifesta também em maneiras mais peculiares. Toda vez que viaja de avião, por exemplo, coloca uma folha de alface no bolso da camisa. Acredita firmemente que assim reduz as chances de seu avião sofrer qualquer acidente, pois reúne em um só ato dois eventos improváveis. Qual a probabilidade de cair um avião que leve um passageiro com uma folha de alface no bolso de sua camisa?, argumenta.

Afora as extravagâncias que já mencionei, Horácio, para o deleite da vizinhança, jamais se dá ao luxo de tirar o pijama ou trocar as pantufas por sapatos quando tem de ir à padaria. Se alguém ousar lhe fazer censura a esse hábito, tem na manga uma apologia exaustiva dos pijamas. Para que haveria de ter o trabalho de vestir roupas para ir logo ali na esquina? E o tempo que perderia nessa troca de roupas inútil se somasse todos os dias de sua vida? Quantas horas de leitura teriam de ser subtraídas? Quantos livros seria obrigado a deixar de ler? Não há nada de indecoroso em pijamas, acrescenta. Além de serem recatados (pelo menos no seu caso), têm a vantagem de ser sumamente confortáveis.

Não vou mais aborrecer meu leitor com a excentricidade, a bizarria, a originalidade ou o estapafurdismo do meu senhor. Melhor faço levando-o até Horácio. Lá vem, com seu passo um pouco arrastado. Olha fixamente para o chão, como se estivesse a resolver um problema metafísico de maior importância. Repetidas vezes, bate o punho da mão esquerda no oco da mão direita. Não se assuste, leitor, é que está em meio a um debate imaginário ou algo que o valha. Não consegue pensar sozinho. Está tão intento na acalorada discussão, que não se lembra da presença de um vetusto baú, que mora nesse corredor há vinte anos, e é lançado violentamente para o chão.

Fica imóvel por alguns segundos. Ter-lhe-á acontecido algo mais sério? Voejo à sua volta e Horácio dá sinais de vida. Solta um gemido e estremece. Em um movimento lento e doloroso se levanta, tirando o pó de sua camisa. Sai mancando pelo corredor em direção à cozinha. Vamos também? Achei ótima a ideia, pois mato a fome e será uma excelente ocasião para conhecer Horácio melhor.

Laura e Celina estão lá, atacando a geladeira. Não temos regras ou horários para comer aqui em casa. Horácio acha bom terem coincidido, pois é uma oportunidade para cumprir seus deveres paternos, um pouco negligenciados ultimamente.

— E, então, meninas quais são as novidades, notícias? — pergunta Horácio em sua voz mais amigável.

— Nada — responde Celina, de maneira peremptória.

— Puxa, não têm nada para contar para seu velho pai? Como estão as coisas na escola? — Insiste em entabular um diálogo com as meninas.

— Estamos no recesso da semana da criança — diz Laura, rolando os olhos.

— E já aprenderam a tabuada? — pergunta o insuspeito Horácio. Eu não resisto a essa oportunidade de revelar minha sapiência.

— Uma vez um igual a um ... três vezes um é igual a três... três vezes dois é igual a seis... três vezes três igual a 19... três vezes quatro é igual a 47... três vezes cinco é igual

144,3 ao infinito... três vezes seis... três vezes seis... três vezes seis...

— Louro... Louro... Louro! — Horácio me interrompe sem qualquer escrúpulo — deixe eu conversar com a Laura e a Celina. Melhor mudarmos de matéria. O que têm lido?

— Nada demais... — Como sempre, Celina esquivava-se das perguntas que lhe fazem.

— Mas o que tanto fazem neste recesso que nem têm tempo para ler? Por acaso as senhoritas estão de namoro, é? — Horácio adora dar uma de pai cioso.

— Não! Achamos os meninos todos uns bobos. Só temos 7 anos, ora — responde Laura, menos fleumática que a irmã.

— Pois o que têm feito, então? Querem que eu as leve à biblioteca? Ou então ao cinema? Acho que há uma maravilhosa mostra de cinema mudo em cartaz... — Os olhos de Horácio lampejam.

— Não, obrigada, já estamos cheias de livros. Nós duas temos lido bastante, não se preocupe. Eu estou lendo *A bela adormecida* e Celina, *A pequena sereia.* — Ante a ameaça de serem vistas no cinema na companhia do pai, Laura acha mais prudente responder.

— *A pequena sereia?* Que ótimo! Sabem que também estou lendo um artigo sobre as sereias na literatura antiga? Mais precisamente em Homero. O autor retoma o canto das sereias na *Odisseia* como episódio alusivo à natureza divina da literatura. Enumera diferentes passagens que descrevem as sereias assemelhando o seu canto àquele dos aedos e das musas, bem como à antevisão dos adivinhos, vaticinadores, haríolos. Com efeito, as sereias...

O telefone toca. Horácio olha para ele e resolve ignorar o seu trim-trim insistente.

— (trim-trim) Vocês deveriam ler. (trim-trim) Segundo o autor, (trim-trim) com efeito, as sereias...

— Horácio! — grita Sílvia lá de dentro —, é para você.

Horácio corre para atendê-lo. Suspiramos aliviados. O telefone salvou o leitor, as gêmeas e a mim de uma demorada palestra sobre o divino, o divinatório e o canto das sereias.

# V.

## *Patologia do sublime*

SIBILA, A editora de Sílvia, tem-se tornado uma presença constante em nossa casa. Segundo nos consta, trabalham juntas na revisão final de um próximo livro. As reuniões se arrastam por horas e horas. É, digamos, uma editora mais que dedicada. Todos nos sentimos muito aborrecidos com essas constantes visitas, pois a nós nos subtrai a companhia agradável de Sílvia.

Sibila é de uma figura austera. O acetinado de sua pele e a curva suave de seu rosto oval são incapazes de atenuar a expressão feroz do cenho que tem constantemente franzido. Os cabelos escuros estão sempre presos. Nem uma mecha sequer escapa dos grampos milimetricamente dispostos. Seus olhos cinzentos têm um brilho frio e analítico. Horácio, que a conhece desde bebê (são primos de alguns graus de distância), conta que quando nasceu eram de um azul inocente e volúvel, mas trataram logo de se acinzentar para se tornarem dignos da circunspecção de Sibila.

Está sempre impecável, com a camisa abotoada até o último botão. Usa meias-calças de seda, pois não tolera nada sintético, pequenas centopeias verticais escalando a parte de trás de suas pernas. Os seus saltos-agulha altíssimos aterrorizam as gêmeas de maneira inaudita: basta que escutem o clic-clic-clic que se escondem dentro de algum dos armários ou atrás de tal ou qual cortina, para evitarem a editora da mãe. Veste tão somente tons sóbrios de preto, chumbo ou gris. É, assim, senhora de uma elegância glacial.

Hoje está aqui. Ao contrário do que fazem usualmente, porém, Sibila e Sílvia estão na varanda e não trancadas no escritório ou no quarto com as venezianas fechadas. As gêmeas, que haviam buscado refúgio na improvável varanda, foram obrigadas a cumprimentá-la e não conseguiram pensar numa desculpa para fugir, passando a tarde com elas. Cosme, ressentido, está num canto mais longínquo, para os lados da rede, sob as samambaias, lambendo a patinha ferida pelo salto de Sibila. Eu estou aqui quase cochilando no calor vespertino. Embora não me atreva a falar muita coisa na intimidante presença de Sibila, fico por perto para ver se acontece algo de interesse. Nunca se sabe. Por ora a conversa tem sido meio arrastada.

— O que achou do congresso, Sílvia? — pergunta Sibila. Sílvia esteve nas cataratas no último fim de semana para participar de um congresso de teoria da literatura.

— Oh, o congresso foi meio enfadonho, mas achei as cataratas sublimes. — Sílvia anima-se com o assunto.

— Sério? Não imaginava que você apreciasse a banalidade desses cartões-postais — responde Sibila um pouco distraída. Está ocupada, limpando as folhas de uma planta ao seu lado com um lenço esterilizado que tirou de um compartimento de sua bolsa. As folhas são largas e de um verde claro. Trata-se de uma monocotiledônea, segundo nos informou Sibila. Sibila tem mania de limpeza.

— Pois sabe aquela distinção entre o belo e o sublime? O belo correspondendo ao domínio das artes e dos artifícios humanos, com limites bem delimitados, e o sublime, ao da natureza, vasto, incomensurável e impassível de imitação? Acho que a compreendi pela primeira vez — Sílvia entusiasma-se.

— Estamos filosóficas hoje — retruca Sibila, irônica.

— Só digo uma coisa, foi a experiência mais próxima que tive de algo suprassensível. As cataratas são tão sublimes que até uns patos que lá se encontravam pareciam estar tendo uma experiência do sublime. — Sílvia ignora a ironia de Sibila.

— Patinhos estetas? — sorri Sibila.

— Justamente. Eram três, lá embaixo cada um deles voltava-se para um ângulo diferente das cataratas com um ar contemplativo. Eram muito escuros, talvez por estarem molhados. Não se mexiam um centímetro sequer, formando uma curiosa unidade com as rochas graciosamente dispostas ao pé da queda. Tive então uma epifania, como eu, os patinhos admiravam as cataratas, tinham uma ideia do sublime. — Sílvia pausa um instante para recuperar o fôlego.

— Mais provavelmente estavam se secando ao sol, você disse que estavam molhados. Ou então pescando peixinhos — pondera Sibila, que tem uma mentalidade mais cientificista.

— Dada a proximidade da queda, ali mais se molhavam que se secavam — replica Sílvia muito sensatamente.

— Ocupavam-se, então, com a busca incessante por peixinhos que lhes forrassem o oco do estômago. — Sibila, analítica como sempre, insiste no "struggle for life".

— Não, você não estava lá para saber. Todos os três contemplavam, imóveis, estarrecidos, a escuma rendilhada da queda, voltando pouca atenção às águas correntes ao seu alcance, onde poderiam fisgar um peixe desventurado qualquer — Sílvia suspira.

— Tudo bem, tudo bem. Agora temos patinhos sensíveis ao belo, ou melhor, ao sublime — Sibila provoca.

— Patos! Ah! — arrisco. Ante a estatura que vão ganhando no diálogo, sinto-me intimidado, estou perdendo posição. Preparo um discurso altissonante em defesa do papagaio, cujos atributos intelectuais revelam-se infinitamente superiores aos dos patos. Contudo, ignoram-me solenemente.

— Sim, patos que apreciam o sublime. Por que não? — protesta Sílvia. As duas parecem desconcertadas com a discussão que provocaram os patos contemplativos de Sílvia.

— Patologia do sublime. Patati, patatá, patati, patatá... — Sibila, um tanto impaciente, encerra a conversa sobre a experiência estética de Sílvia. Evitam uma o olhar da outra e parecem ressentidas. É a primeira vez que as vejo aborrecerem-se com algo tão trivial. Sílvia contempla os semilúnios na base de suas unhas, enquanto Sibila confere compromissos meticulosamente registrados em sua agenda.

Penso comigo mesmo que Sibila tem um ponto. Esses patos serão as aves mais patéticas de que já tive notícia se de fato deixaram gordos peixinhos lhes escapar, maravilhados com nada mais que umas caldeiradas de água a cair por terra. Um papagaio jamais brincaria em serviço de tal maneira.

Entrementes, as gêmeas, deitadas sobre o chão, desintegram o manuscrito que Sílvia esqueceu na mesa de centro, cobrindo os versos das páginas com patinhos airosos a contemplar as cataratas, representadas por intricados arabescos, rabiscados em lápis 4b.

# VI.

## *Ainda sobre as aves, o belo e o sublime*

SIBILA JAMAIS me dá muito ouvido e Sílvia, quando está perto de Sibila, não tem olhos para mais ninguém. Se voltassem para mim um pouco de atenção que tantas vezes procurei atrair nessa tarde, poderiam facilmente dissipar as dúvidas que as inquietavam e dividiam. Embora o estômago fale sempre alto, é bem possível que os patos, uma vez saciados, tenham se entregado à contemplação do belo. Conheço um caso que acredito ser um exemplo irrefutável em favor da sensibilidade das aves. Embora não comprove a tese, corrobora-a. Se me é lícito, gostaria de narrá-lo agora para que o leitor julgue por si próprio.

Horácio raramente viaja, mas quando viaja é para congressos, e costuma ir só. Nessas saídas, não o preocupam muito texto, conferências, debates ou perguntas. O que lhe provoca real terror é pensar em que presentinhos trazer para as gêmeas. Falha invariavelmente, encontrando os brinquedos mais inócuos e as camisetas de malha menos lisonjeiras que se possam imaginar.

Pois bem, chegando ao ponto que nos interessa, nos idos dos anos 1990, Horácio participou de um congresso na Bahia. Ao invés de sensatamente trazer um torço de seda, uns panos da costa, umas sandálias enfeitadas, uns balagandãs, umas cocadas, fitinhas do Bonfim, conchinhas, mesmo acarajés, trouxe-nos, como suvenir, um sofrível "mensageiro dos ventos". Caso o leitor não conheça essa categoria de bugiganga, o "mensageiro dos ventos" é um objeto composto de vários cilindros de metal de diferentes tamanhos dispostos em círculo em torno de um pequeno gongo de onde pende algo leve, geralmente um recorte plano de madeira, em formatos variados, que se movimenta com o menor vento. Ao balançar, desloca o gongo que, por sua vez, atinge os cilindros fazendo-os ressoar. Os cilindros costumam ser de diferentes tamanhos justamente para que emitam notas distintas, em uma tentativa de emular combinações sonoras melodiosas, tentativa em que fracassa sonoramente. Para ampliar a ressonância do mensageiro dos ventos, cilindros e gongo estão dependurados da pequena cúpula por fios levíssimos de náilon, oscilando assim ao menor sopro.

Como se pode imaginar, o mensageiro dos ventos, que Horácio supôs um presente tão inventivo, dava-nos a todos uma constante dor de cabeça. A poluição sonora era tanta que todos ficávamos imaginando formas de calá-lo. Certa vez, Celina, muito inteligente, sugeriu imobilizar os cilindros, ligando uns aos outros por meio de um poderoso ímã. Laura levou a cabo o seu plano. Horácio estranhou o silêncio e retirou o ímã, acreditando que um de nós se teria enganado sobre o fim real de um "mensageiro dos ventos". Pensamos em recolocar o ímã no local estratégico, porém não nos animamos. Não o queríamos ofender. O mensageiro dos ventos continuou na nossa bela varanda, a perturbar-nos com seu constante tintinar.

Nessa época, apareceu na mangueira dos fundos um irascível pássaro da espécie bem-te-vi. Esse pássaro era de uma suscetibilidade extrema e a qualquer perturbação punha-se furioso e voava para a janela do quarto onde acreditava originar-se a perturbação. Pousava no parapeito de mármore e punha-se a bicar a esquadria de alumínio em violento protesto. Se, porventura, alguém chegasse à janela, o pássaro voava para um galho da árvore em frente e ali ficava encarando quem quer que fosse com o olhar mais desafiador, com a cabeça virada de lado. Assim que a pessoa dele se esquecesse, voltava para a janela e continuava a bicar as esquadrias com insistência.

Os seus esforços em educar os vizinhos não cessaram aí. Esse pássaro era, além de provocador, um crítico impérvio do mau gosto de seus vizinhos. Assim que o mensageiro dos ventos foi instalado por Horácio, declarou-lhe guerra total. Mal batia um ventinho e o mensageiro tocava lá qualquer coisa, o bem-te-vi punha-se a gritar para ver se o intimidava ao silêncio. Essa estratégia, logo constatou, não surtiu efeito algum. O mensageiro dos ventos, obtuso que era, permaneceu totalmente indiferente aos protestos que lhe eram dirigidos.

O resoluto bem-te-vi não desistiu. Por certo, aquela melodia feria-lhe os ouvidos sensíveis, habituados à música mais agradável de outros pássaros, ou do vento sobre a folhagem. Ante a ineficácia de seus gritos, pensou em maneiras alternativas de agir sobre o mensageiro. Tenho de admitir que o bem-te-vi não tinha medo de pôr as asas na massa. Trabalhou industriosamente para silenciá-lo. Durante quase dois dias voejava em torno da varanda, sem que entendêssemos muito bem o que estava tramando. Aos poucos conseguimos vislumbrar o seu plano. Cortava, com o bico, um por um, os fios de náilon. Tubo por tubo caiu ao chão com um som oco. Assistimos à vitória retumbante do bem-te-vi sobre o finado mensageiro dos ventos.

Com esse exemplo espero ter reforçado minha teoria segundo a qual os pássaros — e outros animais, por que não? — certamente são dotados de sensibilidade estética. Efetivamente, nesse caso, um pássaro demonstrou possuí-la em maior medida que todos os seres humanos que habitam nossa casa. Horácio sequer percebeu a balbúrdia a que nos submetia. As gêmeas resmungaram e lançaram ao mensageiro alguns olhares assassinos. Chegaram a calá-lo com o auxílio do tal ímã, mas não se animaram a tomar uma medida mais radical quando ele foi removido. Sílvia fechou as venezianas e, se ventasse, colocava uns fones no ouvido. Nosso amigo bem-te-vi, por contra, não descansou enquanto não destruiu a fonte daquele ruído nada melodioso.

# VII.

## *Em atenção ao protesto mais que justo de Laura*

CELINA E Laura têm dado umas espiadas de longe em longe no meu trabalho. Acham muito engraçado um papagaio metido a escritor e já tentaram por artifícios mil me convencer a ir com elas até a escola e contar à sua classe algumas das histórias que tenho aqui reunido. *Macaco velho não põe a mão em cumbuca*, e eu tenho mui candidamente recusado o gentil convite. Conheço as crianças da segunda série e sei que estar em meio a dezenas delas pode facilmente resultar em graves consequências para a minha integridade física.

Laura estava vendo, outro dia, um dos capítulos mais recentes quando se queixou da maneira como as trato sempre por "as gêmeas":

— Assim não dá, Louro. Do jeito que você nos descreve, parece que Celina e eu somos siamesas, só que com uma dependência ainda mais forte. Temos sempre igual vontade e pensamos de maneira idêntica.

Tenho de admitir que, muitas vezes, subsumimos as duas meninas em uma entidade dual, achando que assim facilitamos a difícil tarefa de educar duas crianças no mundo contemporâneo. Fazemos isso quase sem perceber, referimo-nos a elas como as gêmeas, as meninas, as crianças, as pestinhas, as brejeiras etc. Não é boa psicologia, sabemos perfeitamente. Mas psicologia não é o nosso forte. Ignoramos completamente as recomendações mais elementares da moderna pedagogia, a qual contrariamos grosseiramente ao lidar com elas à moda antiga, como se fossem cidadãs de segunda ordem, submetidas ao arbítrio dos pais e do papagaio. Atendendo ao mais que justo protesto de Laurinha, prometo aqui tentar individualizá-las. Palavra de papagaio.

Comecemos com Celina, mais velha por sete minutos e sete segundos. Sol em escorpião, ascendente em sagitário, lua em câncer, saturno em capricórnio, o que se traduz em um gênio dificílimo. Ignora-nos quase constantemente. Celina tem uma alminha quimérica e saturnina. Está o tempo todo a fabricar seres híbridos e mundos fantásticos, habitados pelos personagens dos livros em cuja leitura se perde. Não diria, porém, que se trata de uma menininha fantasiosa. Há algo de sombrio e lúrido em seu imaginário, inclina-se antes para distopias e catastrofismo que para um mundo feérico e pueril mais afeito à sua idade. Esporadicamente anuvia-se e seguem-se uns intervalos sorumbáticos em que ninguém sabe o que fazer dela. Torna-se taciturna, cultiva profundas olheiras, veste-se de rendas amareladas, carcomidas pelas traças, e fica pelos cantos escrevendo em seu diário e desenhando, em nanquim, as silhuetas mais compridas e tristes no lugar das coisas mesmas.

Passemos agora à Laura. Sol em escorpião, ascendente em sagitário, lua em câncer, saturno em capricórnio, o que se traduz em uma índole dócil, faceira e amável. Talvez seja a leveza natural dos caçulas. Laura tem uma disposição absolutamente solar, quase frívola, que lembra um pouco os encantos da mãe e a ingenuidade do pai. Está sempre rindo alegremente. Foi eleita a representante oficial das duas, já que consegue dobrar facilmente quem quer que seja com sua doçura e, sobretudo, renitente insistência. É também quem melhor consegue desarmar Celina e fazê-la abandonar, vez ou outra, a carapaça melancólica. É menos dada a devaneios que a irmã, interessando-se mais pelas coisas que são do que por aquelas que poderiam ser. Quando pequeninas, era Celina quem pedia-nos as histórias maravilhosas encerradas nos livros, enquanto Laura, para o desespero de Horácio, preferia construir cidades com pilhas irregulares dos volumes mais preciosos de sua biblioteca.

Em que pesem as diferenças, Laura e Celina lembram muito uma à outra. São muito fiéis entre si e aos amigos. Sempre sensíveis ao sofrimento dos outros. Vivem um tanto alheias aos turbilhões da mãe ou às esquisitices do pai. Criaram um mundo dentro do pequeno mundo que é a nossa casa, onde estão protegidas das inquietações que afligem os pais. O fraldiqueiro Cosme tem livre acesso ao mundo das meninas. É-lhes o confidente preferido, já que não costuma entregar os segredos delas aos pais. Eu às vezes nesse pequeno mundo penetro por convite interessado, como quando ajudo nas tarefas de casa. Não me confiam absolutamente nada, porém, acham que vou sair por aí falando pelos cotovelos. Só posso dizer que têm uma impressão equivocada da minha tagarelice, que conhece muito bem o mérito da discrição. Aos pais, sabidas que são, quase sempre negam acesso ao reino interior.

# VIII.

## *Um pouco de filosofia de alpiste*

ULTIMAMENTE ANDO meio meditabundo. Tenho pensado muito sobre coisas graves e importantes, como a vida, o universo, a sociedade, o belo, o tempo, o ser, o espaço, o papagaio. Nas tardes chuvosas, fico na varanda ciscando, quero dizer, cismando. Elaboro os constructos mais imponentes, árvores altíssimas fundadas em sólidas raízes axiomáticas, espalhando-se em galhos movediços da argumentação, alicerçados no tronco fenomenológico em que abrem-se ocos metafísicos. Tenho de confessar que encontro um prazer inaudito nessas elucubrações teóricas.

Horácio está muito impressionado com meus recém-adquiridos ares de filósofo. Só me chama de Doutor ou de Louro Ph.D. As gêmeas acharam isso muito gozado e resolveram aplicar-me o título de 'fessor. Sílvia, por seu turno, tenta me ensinar a repetir uns aforismos corrompidos, que me deem o que pensar e que haverão de causar um frisson nas festinhas: "o papagaio é um caniço pensante", "quanto menos o papagaio pensa, mais ele fala", "o papagaio vale tanto quanto o valor que dá a si mesmo", "não há vento favorável para o papagaio que não sabe para onde vai", "todas as glórias deste mundo não valem um papagaio fiel."

Só mesmo Sibila, sempre séria, me compreende. Propôs-me mesmo que escrevêssemos juntos um artigo sobre o imaginário ornitológico na filosofia imperial. Não disse nem que sim, nem que não. A verdade é que tenho projetos mais grandiosos. Resolvi fundar uma filosofia de papagaio para que a posteridade possa se beneficiar da sabedoria profunda de minha espécie.

Aproveito, portanto, o ensejo para fazer um intervalo nas narrativas um tanto banais de minhas memórias e no relato do dia a dia em nossa casa. Espero não aborrecê-lo muito, leitor, preenchendo algumas páginas com as concepções teóricas que passam pelo meu pequeno, posto que notável, cérebro de papagaio. Já ouço o rumor de indignação. Bem sei que os fatos correntes e as reflexões mais prosaicas da esfera doméstica são de uma leitura infinitamente mais agradável. Além de agradáveis, os episódios corriqueiros e triviais rendem mais assunto nas mesas de cafés e de bares, e podem ser facilmente aplicados à vida comum.

Porém, as leituras sérias operam transformações duradouras e significativas. Ao expô-lo à minha filosofia de papagaio, contribuo efetivamente para o amadurecimento intelectual do meu leitor, que poderá manejar novo instrumental teórico em benefício de sua apreensão do mundo. Bem disse Eunápio que tais leituras graves nos permitem adquirir, em pouco tempo, a experiência de eventos inumeráveis: "tornamo-nos velhos, sendo ainda jovens, graças ao conhecimento de gerações passadas, aprendendo, pois, o que se deve rejeitar e o que se deve escolher."

Ademais, é natural que um papagaio veja com certa simpatia a filosofia, afinal sempre fomos tão estimados, tão adorados pelo cânone literário e filosófico. No século XVII, por exemplo, muito intrigamos os pensadores mais sábios.

Quantas páginas de epistemologia são tão deliciosas quanto aquelas em que John Locke narra o encontro que Nassau teve com um papagaio? O empirista espantou-se com o intelecto de minha espécie, reconhecendo-nos as habilidades mentais necessárias para encetar um diálogo.

Segundo Locke, Nassau, testemunha fidedigníssima, relatou ter conhecido um velho papagaio que fazia umas perguntas e respondia outras de modo perfeitamente razoável em fluente brasileiro. Nassau convenceu-se de que o ilustre papagaio era dotado de inquestionável razão. Famoso por sua sapiência, o príncipe o teria convocado para verificá-la com os próprios olhos. Ao entrar no salão, o papagaio teria dito: "que companhia de homens brancos por aqui!" Ao lhe perguntarem quem achava ser o príncipe, o papagaio teria respondido: "um general ou algo que o valha." O príncipe lhe perguntou, então, de onde vinha, e o papagaio respondeu, "do Maranhão". O príncipe: "a quem pertences?" O papagaio: "a um português." O príncipe: "de que te ocupas?" O papagaio: "Eu guardo as galinhas." O príncipe rindo: "tu guardas as galinhas?" O papagaio: "sim, guardo e muito bem. Xô, xô, xô, xô, xô."

É uma bela história. Em minha obra, porém, darei um passo além de Locke. O papagaio passa, de objeto, a sujeito filosófico. Façamos então filosofia. O primeiro tema que gostaria de propor para debate papagaial é o da natureza salutar da repetição. A mim me parece ter a repetição uma função fulcral na epistemologia do papagaio e de outros psitacídeos. Sem repetição não há conhecimento. A verdade só se forja quando muito a repetimos. O testemunho que não for confirmado pela repetição será geralmente objeto de justificada dúvida. Poderia repetir uma infinidade de exemplos em que a repetição revela-se processo indispensável das atividades cognitivas, contudo, gostaria de provar ao leitor que o conceito de repetição tem aplicações variadas em contextos teóricos igualmente variados. Deixemos a epistemologia de lado, por ora.

A repetição é um conceito fundamental na reflexão estética. O que é o gosto senão a síntese da repetição? Não há belo sem a repetição inumerável de impressões sensíveis que nos permitirá associar a certos fenômenos o rótulo de belo. Com efeito, o gosto não se nos apresenta pronto desde o berço. Ao contrário, é cultivado lenta e tediosamente por repetidas experiências em que avançamos juízos estéticos. A noção de repetição revela-se, portanto, igualmente salutar no domínio da estética. É um paspalho quem disse não haver repetição estética!

Avancemos, agora, pelos domínios da moral. Um papagaio se faz bom pela repetição de ações virtuosas. O virtuoso de uma só ação e a virtude singular se me afiguram uma ficção. O domínio necessariamente coletivo da moral também pressupõe uma base repetitiva no entendimento da moral. Os papagainhos têm uma noção comum do bem e do mal porque muito lhes repetiram suas mães papagaias e seus pais papagaios aquilo que encontravam de certo e errado em suas ações.

Se nos aventurássemos pelos campos da metafísica, encontraríamos aplicações igualmente relevantes da noção de repetição em suas teorias. Com as especulações políticas ou sociológicas, não haveria de ser diferente. Só não estendo o escopo das minhas investigações para não entediar meu leitor com um texto insistentemente repetitivo. É sempre bom deixar espaço para refletir, para respirar, para arejar as ideias. Uma vez lançados, os conceitos perceptivos e sutis que apresento ganharão sentidos e aplicações surpreendentes em contextos novos, que sequer ousei imaginar.

À luz de todas essas considerações, acredito que o cânone filosófico poderia integrar o conceito que proponho de "repetição salutar" e outros papagaísmos com grande proveito para a compreensão dos fenômenos morais, cognitivos, estéticos, metafísicos, espirituais, linguísticos, literários, políticos, históricos, metateóricos e, com o perdão da palavra, gnosiológicos. Como corolário dessas minhas reflexões, eu, Louro doutíssimo, avento que o papagaio, devido à sua natureza naturalmente repetitiva, é o mais filosófico dos animais. Inicio assim minha obra, que poderá contribuir com a elaboração de um novo paradigma para o pensamento universal.

Concluo o capítulo com filosofia mais amena e proverbial para adoçar o amargume da reflexão conceitual. Existe um antigo ditado escocês que diz: "Dê-me o homem, que lhe darei a lei." Em semelhantes termos, digo: "Dê-me a ave, que lhe darei a lei." Se for a galinha, por exemplo, a lei é a da panela. No caso do canário, não há como escapar à lei da gaiola. A lei para o papagaio é, naturalmente, papagaiar. Para a andorinha é, ao menos no verão, voar aos bandos. A lei do pato é cair em todas as ciladas. No caso do ganso, é de se afogar. Segundo os juristas ibéricos, comer perdizes faz--nos viver felizes. A lei para o peru é... a lei para o peru... a lei para o peru... qual será a lei para o peru?

# IX.

## Metafísicas ornitológicas:
## O peru e a alteridade

COMO NOSSA casa tem um frondoso jardim, não raro delegam ao meu senhor a organização de algumas das comemorações mais importantes do departamento. Na semana passada, a casa esteve de pernas pro ar com os preparativos para a festa de despedida de uma professora visitante indiana que aqui passou um ano ensinando literatura pós--colonial. Trabalhamos loucamente. Eu treinei meu repertório poético-galhofeiro. Celina coloriu o jardim com lâmpadas de papel de seda. Laura fez lindos arranjos com as flores das primaveras e do jasmim. Sílvia exilou-se na casa da Sibila por alguns dias, pois tinha de se concentrar em outras coisas que não guardanapos estampados, espíritos ou amendoins japoneses. Cosme vestiu uma gravatinha adamascada e eu, um chapéu-coco. Agora esperamos ansiosamente pelo começo da festa.

Toca a campainha. Entra o primeiro convidado. Não consigo me conter e voo até o corredor para saber quem chegou. Trata-se justamente da homenageada, que logo nos causa favorável impressão. Veste um lindo sari alaranjado. Presenteia as gêmeas com elefantinhos com trombas auspiciosamente levantadas. Logo põe-se a discutir animadamente as tendências da literatura pós-colonial. Horácio fica um tanto encabulado, é que não tem acompanhado os debates mais recentes e não quer parecer um pacóvio colonizado.

Tenho inclinações pós-modernas e fico caidinho pelo seu discurso diegético e desconstrutivo. Meu senhor já nos havia contado que a professora homenageada é competentíssima. Fez uma legião de seguidores no ano em que aqui esteve. Os alunos agora só querem saber de revisão crítica, deslocamento, transplante, diversidade epistêmica, particularismos, intersubjetividade, identidades multidimensionais. Na semana de pesquisa, por exemplo, organizaram um comício, de inspiração cosmopolita e discrepante, contra o monologismo do Departamento de Teoria da Literatura, cuja orientação é predominantemente estruturalista. Horácio ficou horas preso em seu gabinete pois, sendo latinista, era um dos professores mais ostensivamente imperialistas. Saiu da faculdade muito tarde, escapando sub-repticiamente pelos corredores secundários e escadarias periféricas.

Mais pessoas vêm chegando e se dispersam em pequenos grupos sob a luz tremeluzente das lâmpadas coloridas. Conversam, bebem, sorriem. Bebem, discutem, bebem. Bebem, bebem e riem. Parecem contentes, comendo um pouco, bebendo um tanto. Bebem, falam muitas tolices e exibem sua erudição. Contam anedotas mil dos tempos em que viveram no estrangeiro, sobretudo os fatos pitorescos ocorridos na pátria adotada da França. Ah, "bovarismo"!

Em um ou outro grupo ouço perguntas por Sílvia. Não quis participar da festa. Está concluindo um livro novo. Foi passar uns dias na casa da editora. Essa versão, e outras, circula entre os convidados. Vejo-os levantando as sobrancelhas, trocando olhares sugestivos, cochichando, como se confirmassem alguma suspeita, algum rumor. Algo está-se armando e nós aqui de casa haveremos de ser os últimos a saber. Logo, contudo, sou obrigado a deixar de lado semelhantes preocupações.

Como sempre acontece nessas ocasiões, um pequeno círculo se forma em torno de mim. Digamos que sou conhecido a muitas léguas por minha incontestável esperteza. Expectoro uma, duas, três vezes. Um minuto de silêncio e suspense sucede. Canto umas elegias de Propércio e Tibulo, encantando a todos com a fina escansão dos versos e com a pronúncia restaurada. Pedem bis. Canto o "Parabéns", para a alegria da criançada. É a apoteose.

Acho que mexi com os brios alheios. Mal termino a minha canção e o chefe do departamento começa a rondar à minha volta. Será que me quer dirigir alguma pergunta? Referir-me algum caso? Pedir-me alguma participação especial? Ameaça-nos com um discurso, são esses os rumores que logo se espalham. Bate um garfo em sua taça com grande violência. Consegue a atenção não pelo tilintar da taça, mas por despedaçá-la em mil pedaços, espalhando sobre a mesa os cacos fulgentes e afiados.

— Gostaria de propor um brinde... — Assim começa um bonito discurso cheio de platitudes e preciosismos. Tem-no de cor e fala de uma maneira recitativa, com uma cadência repetitiva que me põe sonolento. Vale-se de fórmulas que nos ferem a sensibilidade. A repetição dispersa-me e fico pensando em coisas longínquas, cacos de vidro, lâmpadas, vaga-lumes, as noites da minha infância, o aconchego do ninho...

Todos aplaudem alegremente e brindam. Ao menos dessa vez foi curto e poupou-nos o alemão, é o comentário geral. A homenageada, muito sorridente, respira fundo, prepara-se e pede a palavra. Pressinto que fará um grande discurso. Começa-o relatando uma observação linguística que revela sua perspicaz compreensão das relações interculturais:

— Estava ontem almoçando no restaurante dos alunos quando chamou-me a atenção um dos pratos lá servidos. Assim que o vi, consultei minha cicerone, aluna do sétimo período, sobre o nome daquela carne. Constatei, como suspeitava, que "peru" é o nome em português para essa estranha e desengonçada ave das Américas. Vocês, meus colegas, devem estar se perguntando: por que ela faz tanto alvoroço sobre um peru assado? Seria por acaso vegetariana? Estará com fome? O que tenho eu a ver com o peru? Nem mesmo é a época do Natal...

"Não é nada disso, meus queridos. É que ontem, nesse almoço, confirmei uma antiga suspeita: a de que o peru é o signo da alteridade por excelência. Não cuidem que este nome "peru" lhe é aplicado por mera convenção: há aí arbítrio maligno e obscuro. Ao chamarmos o peru "peru" tornamos manifesta toda uma metafísica da exclusão.

"Vejo ainda a perplexidade estampada em seus semblantes. Continuam a se perguntar: por céus, de que ela tanto fala? O que tem a teoria da origem das palavras a ver com o peru? Deixarei de lado as digressões teóricas e passarei aos fatos, que apresentam dados eloquentes em favor da teoria que estou a esboçar. Curiosamente, vocês dão a essa ave o mesmo nome que atribuem a um país vizinho, o Peru. Efetivamente, na língua portuguesa, a associação do peru à alteridade data ainda do período colonial. Segundo o filólogo José Pedro Machado, no século XVI, a fama do peru era tal que os portugueses chamavam de "Peru", metonimicamente, toda a América Espanhola, ou seja, toda a América não Portuguesa.

"Mas não para aí a exclusão do nobre peru. Seu nome manifesta gratuitos e condenáveis preconceitos por parte de outros tantos idiomas. Em inglês, chamam-no de "turkey", termo pelo qual denominam a Turquia. Na Turquia, por seu turno, tem como nome "hindi" (mesmo nome que lhe dão os franceses, "l'inde"). E na Índia, concluindo o ciclo virtuoso, ou melhor, vicioso, a dita ave se denomina "portugal". Passamos pois da América, para a Europa e da Europa para o Oriente, voltando em seguida à Europa.

"Meus colegas queridos, hão de concordar que o peru evoca sentimentos de estranhamento, ao que parece, em todas as latitudes de ambos os hemisférios. O peru é uma ave feia? Sim, devo admitir. É estranho e desengonçado? Como negar? Porém, não mais que o avestruz ou o ornitorrinco. Por que é motivo de reações tão ambivalentes? Por que merece tão exagerada rejeição?

"Portanto, quando falamos tão corriqueiramente sobre a reconceitualização dos mapas teóricos e literários, sobre a ascensão de uma nova literatura pós-colonial, sobre as geometrias variáveis de um mundo múltiplo, é no peru e na alteridade que estamos pensando. Proponho, então, um brinde ao peru e aos outros que, como ele, sofrem toda ordem de preconceito e injustiça. Um brinde ao peru! Tim-tim!

# X.

## *O peru revisitado*

O DISCURSO DE brinde sobre o peru deu-me o que pensar. Tenho-me sentido deslocado: eu, um papagaio, pertencendo a uma das minorias da vizinhança, incompreendido pela mentalidade dominante, de seres autocêntricos, arbitrários e irascíveis. Vivo submerso nas trivialidades da vida humana, mundo ao qual não pertenço. Como é insólito! Minha identidade fragmentou-se. Sinto-me suspenso em um entre-lugar, já não pertenço mais a espaço algum, nem ao humano, nem ao papagaio. Não sei se sou eu ou um outro. Como dizem por aí, devo ser um outro!!

Porém, há nisso algo de interessante: meu olhar ornitológico, deslocado, revela-se instrumental afiado para a apreensão crítica da natureza humana. Desconstruo, com pouco esforço, todos os processos culturais, políticos e econômicos da sociedade contemporânea. A questão da alteridade, que a um só tempo experimento e contemplo, parece colocar o problema dos limites mesmos da racionalidade moderna. Introduz nas interações intersubjetivas as relações de poder. A alteridade é o desconhecido por definição. Eu me reconheço como eu mesmo, como um sujeito, tão somente quando me reconheço como objeto de um outro.

Está nisso a dialética da formação da subjetividade, que compreende todas as assimetrias das relações sociais, tão visíveis em se tratando de um papagaio submetido aos arbítrios humanos.

A experiência radical da alteridade que ora experimento provoca em mim grande empatia pelo peru que, como se mencionou no último capítulo, é sempre um outro, seja no Brasil, seja nos Estados Unidos, seja na Turquia ou na França, seja na Índia, seja em Portugal. Ao se dizer que o peru é um outro, automaticamente sofre a exclusão do domínio do que é aceito e é submetido a um processo de reificação: perde o estatuto do ser e torna-se uma coisa, um objeto. Esse processo o impede de alcançar qualquer compreensão da parte da sociedade. O peru, apesar de sua inteligência, de sua alma nobre e sensível, é reduzido à sua materialidade mais bruta: o peru de Natal. Recusam-lhe uma identidade própria que poderia, quiçá, salvá-lo do forno.

Escrevo então esta ode ao peru, com o intuito de atenuar o seu deslocamento mundo afora:

Um peru gruguleja e, mui gracioso,
Rearranja em um harpejo suas asas.
Com seu porte nobre, galã e brioso,
é conviva estimado em todas casas.
Tem, em volta do pescoço, glamouroso
cachecol de penas gris. Olhos em brasa,
faces rúbidas, o peru é tão airoso
que, entre a passarada, sempre arrasa.

Antes que me venham criticar os dotes poéticos, tenham um pouco de piedade do pobre peru, a quem muito agradarão esses versos pobres.

O que conta é a intenção no coração
e não dos versos a real perfeição.

Ademais, por que só seriam merecedores de odes o rouxinol e o sabiá? Acaso são mais dignos que o nosso despres-
tigiado amigo? Que nos miremos no peru — que suporta
com tanta circunspeção e gravidade este triste fado de signo
da alteridade! Proponho ainda que alguma jovem poetisa
incógnita dedique ao peru um livro inteiro dos poemas
mais belos e dignificantes, que há de se tornar o livro sa-
grado da literatura comparada, da filosofia de gênero e de
minorias e dos movimentos emancipatórios das guerrilhas
urbanas. Meus olhos se enchem de lágrimas quando penso
na grandeza dessa obra nascitura. Fico realmente comovido.
Todavia, por ora, o querido leitor purista terá de sofrer mais
alguns medíocres versos meus, para incentivá-lo a compor
esse grande elogio ao peru:

Participem do tributo ao peru,
que, coitado, anda tão jururu!

# XI.

## *A ornitomante*

É UMA TARDE diáfana. Estou repousando no jardim sonolento, entregue a devaneios que se passam na ilha dos papagaios, sobre a qual escreveram os medievais. Trata-se de uma ilha maravilhosa, naturalmente, habitada só por papagaios. Costumo frequentá-la desde a juventude, esta república de contos de fadas.

O sol refulge em um céu desenhado com as mais macias nuvens cúmulos, floquinhos de algodão. Reluz a água que brota de uma infinidade de fontes espalhadas pela relva fofa, onde os pássaros se refrescam, deleitando-se nos brinquedos mais pueris. Cansados das brincadeiras, alguns papagaios deitam-se nos ninhos mais aconchegantes que se possam imaginar, entregando-se a um sono manso. Outros resolvem empanturrar-se dos insetos que salteiam abundantemente pelo ar, de minhocas que basta deitar o bico à terra para encontrar ou então de alpiste, castanhas, frutas e outras delícias que são derramadas pelos pisos de gaiolas. As gaiolas são douradas, amplas, arejadas e bonitas e, nessa república, não têm nunca portinholas, de maneira que, saciada a fome, a passarada parte para cuidar da vida.

De cada um dos pontos cardeais, a brisa suave traz os trinados de cantos límpidos e sentimentais que colocam uns melancólicos, outros pensativos e outros alegres, conforme a disposição. As aves mais belas imagináveis exibem seus matizes raros e maravilhosos em cada galho, que se dobra suavemente para acolhê-las em seu pouso. À beleza da plumagem, se soma a ilustração, e ouço em cada canto trechos das conversas mais espirituosas e inteligentes. Faz um bonito contraste com o mundo banal do século XXI, em que a forma não há que corresponder ao conteúdo.

No coração dessa república, encontro um elevado palácio que se alça sobre os galhos esguios, posto que sólidos, de um pau-ferro. Essa construção aérea, uma das maravilhas da arquitetura ornitológica, espalha-se leve e galante por um espaço que reconfigura com as curvas oníricas de suas paredes. O jogo de luz e sombra atinge efeitos inesperados, que roubam-me o fôlego, com os belíssimos arabescos de suas paredes pelas quais transluz a claridade oblíqua da tarde. Revoadas feéricas entram e saem do palácio. Voo até o palácio onde manterei um encontro com o monarca, um papagaio primo meu, que me escolheu como conselheiro para os assuntos filosóficos, políticos, simbólicos e representacionais, entre outros.

Estou tomado pela antecipação da recepção faustosa que terei no palácio quando uma sombra vem desfazer o idílico país dos pássaros. Subitamente, o sonho bom tornou-se mau. Olho para a esquerda, olho para a direita. É Sibila, que entra com seu passo largo e começa a marchar pelos nossos jardins. Sua figura está mais estranha que de costume. Carrega uns pequenos binóculos com os quais varre os céus. De vez em quando para e solta pequenas exclamações:

— Gansos voando em V, há de chover!

Segue em sua expedição um tanto desconcertante que já me roubou do reino quimérico em que esperava passar uma tarde agradável e bucólica. Passa por cima das fontes amáveis cujas voltas e caminhos tracei com tanto carinho. Atravessa e desfolha os arbustos do jardim simétrico em cujo desenho me perdi durante várias horas. Para novamente e vaticina:

— Ninho de joão-de-barro, na certa problema com o carro!

Repete semelhantes disparates com a maior gravidade do mundo. As gêmeas a seguem imitando os passos mecânicos de Sibila. Quando esta interrompe a caminhada, as meninas assumem as posições mais canhestras, acentuando a estranheza do espetáculo. Horácio deixou de lado as traduções: assiste-a da janela com um esboço de sorriso nos lábios. A única pessoa que parece se incomodar é Sílvia, que cora e tenta dissuadi-la de tornar públicos os seus talentos sibilinos.

A situação é insólita, inverossímil mesmo. É que Sibila encontrou recentemente em si uma vocação para a ornitomancia. Deu para adivinhar o futuro pelo "voo das aves agourentas" como gosta de repetir por aí. Diverte muito todo mundo com essa nova mania. Só eu é que não consigo achá-la muito divertida. Parece que faz chacota de mim quando repete:

— Em casa onde vive papagaio, há de cair um raio!

E todos riem e apontam para mim e dizem que já sabiam que eu seria o fim da nossa casa, que não tenho nada de bobo, que estou aqui tramando a derrocada da nossa família e por aí vai. Tento ignorar, empoleirado, cheio de mágoa, mas continuam a me ofender.

Sibila senta-se na rede e Sílvia, cuja reação escalou do incômodo e da vergonha para irritação, censura a editora:

— Sibila, o que é isso? Está parecendo uma criança dando-se tantos ares, dizendo tantas tolices. Como vou explicar para o Horácio e para Celina e Laura?

— Não é culpa minha, Sílvia. A culpa é de meus pais, que me colocaram esse nome, "Sibila". É a minha maldição. As pessoas adoram dizer que sou estranha, excêntrica. Mas na verdade sou muito fácil de decifrar. Basta conhecer a história das sibilas gregas e romanas. Mas quando indico para elas qualquer leitura que lhes refira essas histórias, que podem me explicar, elas não me acreditam e saem com um sorriso peculiar. Como quem diz: é a velha e indecifrável Sibila!

— Quem era a Sibila? Conte a sua história para entendermos o que você tem com os voos dos pássaros — pediu Celina.

— Sibila é o termo grego para as mulheres que adivinhavam o futuro. Acredito que a primeira ocorrência do termo está em um fragmento do Heráclito, segundo o qual "com seus lábios delirantes, a Sibila diz coisas sem alegria, sem ornatos e sem perfume, mas, com sua voz, atravessa milhares de anos, graças à divindade". Inicialmente parece que existia uma sibila. As sibilas foram multiplicando-se, com o tempo, e chegaram a dez na época dos romanos. Por vezes, estavam enraizadas em templos e, por outras, viviam vidas errantes. Os *Livros sibilinos*, que preenchem 12 volumes escritos ao longo de vários séculos, eram bastante consultados nos momentos de crise, tendo influenciado sábios e estadistas em suas decisões. E o que tem isso tudo a ver com os pássaros, meninas? É que seus voos eram um dos meios favoritos de se adivinhar o futuro. Por habitarem o céu e a terra, entendia-se que as aves seriam arautos dos deuses, intermediárias entre o divino e o mortal. — Sibila conta essa história, que entende como sua, com grande paixão. Apesar dos vaticínios desbaratados que repete irrefletidamente, dá sinais de inteligência ao reconhecer a natureza divina das aves. Observo a admiração de Sílvia pelo relato, não tira os olhos da editora. Estará o traduzindo em versos?

Horácio, que veio até o jardim para escutar melhor o conteúdo fantasioso da conversa, achega-se e sussurra aos meus ouvidos:

— Tenha cuidado com Sibila, Louro. Os romanos gostavam de abrir os animais para ver em suas entranhas as coisas futuras, vindouras, pósteras. Qualquer hora dessas, em um desvario, Sibila pode lhe submeter à faca.

Sou tomado por um terror incomensurável de Sibila. Só a sombra de sua figura já basta para me fazer tiritar. Ponho-me a rezar com fervor. Contra Sibila, só reza brava há de funcionar. Mas não perco as esperanças. Não é Alexandre de Gusmão que dá notícia, no Piauí, de um papagaio mui espirituoso que, perseguido por um gavião, rezou um pai-nosso e uma ave-maria e escapou da morte por intervenção da graça divina?

# XII.

## *Digressão acerca do sentido da obra*

As gêmeas outro dia rabiscavam no alpendre quando toparam com uma cigarra morta, mastigada pelo cãozinho da casa, aquele selvagem sobre cuja ferocidade já havia alertado todos. Os restos moribundos da cigarra entristeceram-nas, e as gêmeas fizeram-se as perguntas pueris da infância: se haveria um céu das cigarras, se os filhotes da cigarra morta teriam quem cuidasse deles, se a cigarra cantara uma ária final entre os dentes do cão.

A mim, sobrevieram as reflexões mais melancólicas da velhice. Pensei em como a vida é breve e o fado, implacável. Entristeci-me com a brutalidade da morte ante a sublime arte da cigarra. O canto mais límpido não sacia a fome. Mas o que mais me tocou foi a futilidade do assassinato: a cigarra sequer apetecera ao cão feroz, que a cuspiu assim que suas dentadas esvaíram o sopro contido naquele invólucro de queratina. A morte, tanto quanto a vida, leitor, pode ser vã.

Ao meditar sobre coisas semelhantemente sorumbáticas, vieram-me à memória as primeiras impressões que tive da morte. A memória tem disso, é cheia de caminhos sinuosos. Certos episódios evocam subitamente outros tão remotos no tempo, que os tínhamos por perdidos. Em momentos como esse, ao revisitar o passado longínquo, parece que se nos revela a unidade subjacente à nossa vida, unidade essa que amarra a porção de fatos que se sucedem, concedendo-lhes certa coerência narrativa.

Pois bem, eis a lembrança. Era um filhote ainda com a penugem tenra como as folhas novas de uma samambaia. Pestanejava ao sol da manhã na tepidez do ninho, quando ante meus olhos inocentes um gato matou um velho corvo que viera nos ver. Lembro-me do horror de suas garras retráteis e do brilho fulvo de seus olhos iridescentes. Conheci, assim, pela primeira vez a morte. A experiência, que me provocava verdadeiro espanto e pavor, à minha mãe arrancou tão somente um suspiro. Ela comentou, de maneira seca, que o corvo já era velho, que já era hora de ele morrer. Pensei um tanto sobre a morte, desfecho natural da velhice.

Passados alguns dias, fomos visitar a Dona Garça, senhora ainda mais velha que o corvo. A velhice de Dona Garça, pela primeira vez, provocou em mim preocupação:

— Mãe, precisamos voar já para chegar o quanto antes no ninho de Dona Garça.

— Por que, Louro? — perguntou minha mãe, em seu tom mais glacial.

— Porque a Dona Garça está velha e, se demorarmos, pode morrer. — Foi a minha resposta um tanto sabichona.

— Ora essa! Que tolice, Louro. — Foi a resposta peremptória da minha mãe. Tive de reexaminar as minhas concepções sobre a morte. Não haveria então uma relação necessária entre a velhice e a morte? A possibilidade me inquietava e não me contive:

— Mãe, os filhotes também morrem? — perguntei-lhe em uma voz trêmula, pequeno parvo que era.

— É claro que morrem, Louro — ela respondeu com um dos seus muxoxos mais cortantes. Um filme cinéreo depositou-se em meu pueril imaginário.

— Mas, mamãe, não quero morrer, não — disse aterrado. E percebi certa hesitação por parte de minha mãe, que decidiu-se por me dizer a verdade toda mais uma vez.

— Se quiser perpetuar-se na imortalidade, Louro, que o faça através de suas obras. — Foi o consolo que me deu.

E é o que faço, leitor, escrevendo estas páginas erráticas. Atentem para o poder que as mães exercem sobre seus filhotes, ainda que suas ordens se dissolvam na névoa do esquecimento, como era o caso. Escrevo então uma obra. Quem sabe, se quando estiver morto, um desavisado leitor (pois sei que não serão muitos) se apegue ao papagaio que alça voo nestes capítulos e por um átimo me arranque da morte implacável com sua imaginação generosa. Peço a esse leitor que faça o favor de paparicar-me em seu imaginário com todos os deleites imagináveis: um dia de sol, um ninho fofo, alpiste, uvas, pedacinhos de banana, castanhas e, por que não?, papagaias formosas. Quem sabe não torna assim mais amenas as minhas lamúrias no Tártaro?

# XIII.

## *Capítulo qualquer*

É FIM DE tarde. Estou de papo pro ar em meu querido, posto que mudo, jacarandá-mimoso. Demoro-me em sua admiração. Me encanto com o desenho dos galhos estratificados, cujas linhas mais ou menos retas determinam a disposição da sua copa. Pendem dele, em intervalos quase regulares, graciosas vagens aladas, que lhe concedem uma leveza onírica. A folhagem de um verde prateado balança ao menor movimento; com efeito, o jacarandá-mimoso é tão atencioso que responde mesmo ao alçar de voo do mais diminuto e ligeiro pardalzinho.

A luz do sol cai indireta sobre a copa de minha árvore. A claridade oblíqua parece precisar o contorno de cada uma de suas miúdas folhas, de cada uma de suas delgadas vagens aladas. Embora a forma penada se repita folha a folha, percebo por um instante a singularidade de cada uma na composição do galho em que se insere. Miríades de ângulos, miríades de matizes. Não é possível reduzi-las a um esquema meramente genético. A luz da tarde acentua a beleza da árvore ao individualizar as folhas e vagens que nela se dispõem.

Tenho uma espécie de epifania. É como se, sob a incidência dessa luminosidade, o mundo se me revelasse. A contemplação do jacarandá não se resume à percepção de ramos, folhas, vagens suspensas, raízes ramificadas. Subjaz algo mais sob os aspectos em que se detêm e demoram meus olhinhos de papagaio. A árvore é bela, por certo. Mas percebo-lhe outras virtudes não aparentes nas feições da árvore. Parece-me que o belo, o bom, o verdadeiro não estão na forma apreendida propriamente, mas em algo que a antecede. Talvez na ordem do mundo que cada pequenina folha integra e evidencia.

Como meu imaginário (e quiçá já fatigado) leitor deve ter percebido, estamos naquela hora que precede o crepúsculo, quando os seres esteticamente conscientes se deixam tocar: um ou outro humano de índole poética faz versos, as rãs coaxam, as cigarras silvam, os cães do bairro latem uns para os outros e, sobretudo, as aves cantam, as aves das mais variadas plumagens zinzilulam, clarinejam, gorjeiam, piam, corujam, grugulejam, trinam, cacarejam, gralham, arrulham, vozeiam, chilreiam, taramelam, corruchiam, rouxinolam, grasnam, turturinham, aflautam. Nessas horas, eu, Louro, este papagaio desarvorado que já conhece, tenho ganas de, além de tagarelar, escrever um capítulo em louvor ao jacarandá que me acolhe tão hospitaleiro em seus galhos lisos e sólidos.

A minha apreciação desta árvore assim tão mimosa não é fruto tão somente de um arroubo sentimental, induzido pelo sopro suave da tarde ou pelos raios oblíquos do ocaso. É que o jacarandá parece-me ser um caso raro de perfeita coincidência entre essência e aparência. Igualmente bela e boa, a aparência dessa minha estimada árvore jamais nos induz ao erro em nossa apreciação de suas virtudes. A beleza de sua florada violácea é comparável à bondade de sua sombra e à fiabilidade de seus galhos. Não é em nada dissimulada ou cavilosa, nunca se rende ao disse não disse que está por trás de tanta intriga malsã neste mundo. Circunspecta, tampouco semeia a discórdia entre suas vizinhas amendoeiras e quaresmeiras.

Passemos da experiência singular do jacarandá-mimoso à experiência reiterada de inúmeros episódios. É mister admitir que, no mais das vezes, pelo que tenho verificado ao longo da vida, não há qualquer relação causal entre uma e outra coisa. As mais belas plumagens não correspondem necessariamente a bons sentimentos morais. Não é à toa que, não raro, a opinião do mundo é equivocada; pauta-se nas formas, no que salta aos olhos, tomando as aparências pela manifestação de virtudes outras, que não se revelam a olho nu.

Tiro dessas considerações o seguinte corolário: quando beleza, inteligência e bondade se associam, como no caso do jacarandá, ou mesmo de nós, psitaciformes, tudo indica que não há aí senão uma feliz coincidência. Vejamos o caso já consagrado pela literatura crítica do pavão. De que lhe valem as maravilhosas plumas tintas de verde-esmeralda se na vacuidade das voltas de seu cérebro não despontam senão os pensamentos mais vãos e frívolos? Por contra, no caso do nosso caro peru, verificamos uma situação inversa: a feiura das suas penas não faz jus à nobreza de seu caráter.

Ciente desse fenômeno raro que é a reunião de virtudes morais, cognitivas e físicas, redobra a minha apreciação da morada vegetal. Apesar de sua índole um tanto taciturna, o tomo por confidente, meu adorado jacarandá, igualmente belo, sábio e bom.

\* \* \*

— Árvore, querida, preciso de seu conselho...

— ...

— O que fazer com Sibila? Com essa nova mania tenho medo de que invente de querer ler em minhas entranhas o futuro.

— ...

— Você realmente acha?

— ...

— Mas é que ela é tão dada a esquisitices que não me surpreenderia nem um pouco que resolvesse...

— ...

— Sim, você tem razão. Cão que ladra não morde, mas mesmo assim...

— ...

O jacarandá se cala, com sua habitual sabedoria. Mas suas respostas silentes conduzem-me a um estado de repouso e sossego muito diferente daquele de agitação que resulta da conversação com os outros membros de nossa família, sempre perturbados por toda ordem de inquietação. Aconchego-me, reconfortado no embalo de seus galhos acolhedores, e entrego-me ao suave sono vespertino.

# XIII.

## *Estranhamento de Celina*

O LEITOR ATENTO, ao passar para este capítulo, dirá que me distraí e repeti nele o número do capítulo anterior. Há de caçoar da minha suposta habilidade com números. Como quero multiplicá-los se não sei sequer contar? Mas sinto informar que é o leitor quem se engana: neste caso não é um erro, é uma escolha deliberada. Ora, para os papagaios, a matemática não é uma ciência mais exata que a literatura. Os algarismos, no âmbito das contas desinteressadas, podem muito bem obedecer aos princípios da constância quantificacional, bem como da progressão natural. Contudo, há outras tantas circunstâncias em que cabe aos números dar expressão a verdades que lhes são anteriores, obedecendo então às leis cabalísticas da simbologia e da sismologia, quero dizer, semiologia.

Sendo assim, não por acaso este capítulo tem também o número 13. Deveria ser o 14, mas repeti o 13 por tratar de fatos agourentos, que se naturalmente associam ao número do azar. Terão de aceitar, portanto, um livro que tenha dois capítulos 13. O número 13 não é um número qualquer, leitor, fato banal que uma criança que ainda balbucia o bê--á-bá pode-lhe confirmar. Diga a um supersticioso que terá

75

de se sentar a uma mesa de 13 para um jantar em que lhe oferecerão 13 pratos, no 13º andar em uma sexta-feira 13, 13 de agosto, mês aziago, e nosso supersticioso logo adoecerá gravemente e se fará mesmo internar se for isso condição para evitar o tal jantar.

Deixemos de abobrinhas e passemos a coisas mais graves que se associam ao número do azar neste caso. De quando em quando, a nossa pequena Celina é acometida por certa morbidez. Afasta-se de nós, velando todas as suas ações para guardar e conservar-se em estado de quietude. Ignora-nos sem qualquer hesitação. Não responde nossas perguntas e evita nossos olhares. Se a aborrecemos muito, passa a habitar os armários da casa, onde está protegida da nossa inquirição e pode melhor coser a solidão que tanto aprecia.

Está assim há cerca de três semanas, especialmente quando a mãe está por perto. Laura é a única que sabe um pouco do que se passa em sua cabecinha estranha, pois trocam, vez ou outra, uns olhares significativos. Quando imagina-se só, cantarola as linhas melódicas mais tristes que se podem conceber, como se estivesse esmerilando um fio de dor. Não sai dessas fases ilesa. Vai forrando seu caráter com o tecido sombrio que fia na trama equívoca de seu ressentimento calado.

\* \* \*

Estamos todos na sala (naturalmente à exceção de Celina). Está se hospedando conosco um primo de Horácio que é o seu antípoda em todos os aspectos, a começar por que Marcos vive no Japão. Alto, forte, bronzeado, belo, em nada excêntrico. Ignorante como uma carpa. Concentra, naturalmente, todas as atenções. Laura ri gostosamente das suas gracinhas. Sílvia parece que só tem olhos para ele. É quando uma sombra se lança sobre a reunião jocosa.

— Você não tinha outra filha, primo? Eu me lembro de duas... Ou será que Laura era tão levada que fiquei com a impressão de que tinha uma gêmea?

— É verdade! Onde estará Celina? Anda tão ensimesmada ultimamente, primo. Vá buscá-la, Laura.

Laura salta do colo de Marcos. Sigo ao seu encalço. Visitamos primeiro o quarto que as meninas dividem. Nada dela. Vamos ao quarto dos pais. Nem sinal. Tentamos o escritório de Sílvia. Tudo às trevas. Isto é, um filete de luz vaza pelo friso da porta do armário entreaberta. Nas pontas dos pés, Laura se aproxima e abre sorrateiramente a porta, encontrando Celina lá dentro lendo com a luz pusilânime de uma lanterna. Tem um romance nas mãos e olheiras profundas. É impressão minha ou esconde algo? Pareceu-me, no relance do olhar, que guardou um bilhete ou uma carta entre as páginas do livro.

Laura tenta convencê-la a se juntar aos outros na sala. O primo Marcos é tão amável e lhes trouxe presentes tão delicados do Japão. Mesmo o pai está afável hoje, lembrando da infância com o primo. Celina fita a irmã longamente. Permanece inflexível em sua recusa de se juntar aos seus. Foge do escritório da mãe ao quarto em passos surdos para não chamar a atenção dos que estão na sala. Laura desiste e volta à sala. Diz que a irmã adormeceu lendo e que achou melhor não acordá-la. Está menos tagarela que antes. O primo dá de ombros. Horácio olha para os céus. Sílvia solta um suspiro.

A noite cai sinistra. Um vento sopra agudo, varrendo as folhas do jardim que sussurram os sempiternos sussurros vegetais. No burburinho das copas, ressoam as minhas preocupações. *Por que ela nos oculta o que se passa em seu coração? O que tanto faz pelos cantos, pelas sombras? Onde está quando desaparece de nossas vistas? Por que tanto se esconde? O que dissimula com tal silêncio? O que tanto espia de dentro dos armários? O que sabe que nós, pobre folhas efêmeras, sequer imaginamos?*

# XV.

## A culpa é dos foliculários

A SEMANA DE Marcos conosco estendeu-se por mais duas. E agora, outra vez, por mais duas. Já achamos que teremos um hóspede indefinidamente. É que nas vésperas de sua partida, estourou um escândalo fiscal em que está metida a empresa em que trabalha. Em razão do rebuliço na imprensa, acharam por bem deixá-lo no Brasil por mais alguns meses. Ao passar os olhos sobre as notícias relacionadas ao escândalo nos jornais, Horácio, um pouco solidário ao parente, um tanto enfastiado com sua demora em nossa casa, resmunga:

— Esses incendiários! Só sabem fazer muito barulho sobre coisa de pequena monta. Foliculários de meia-tigela!

— É isso, primo! São uns foliculários fedaputas, isso sim! — Marcos, com sua pinta de galã meio tapado, fala em um rompante iracundo. No meio de sua fala, volta-se para Horácio com uma expressão um tanto aturdida. — O que é mesmo foliculário, primo?

Horácio solta um muxoxo, irritando-se com o vocabulário limitado do primo. Para o não desprezar, decide ignorá-lo. Murmura qualquer coisa sobre o prazer inenarrável da correção das provas de um curso de poesia elegíaca romana que está concluindo e chispa para o abrigo do seu escritório.

Nós continuamos na sala. Marcos, que leva jeito com eletrônicos, mexe na antena da velha televisão para extrair uma imagem do chuvisco constante e gris que se precipita na tela curva. Celina, que excepcionalmente deixou o armário esta tarde, vê a operação um tanto aflita. É que gosta muito de assistir ao chuvisco. Acha a tela monocromática, posto que infinitamente variada, reconfortante. Nunca entendemos muito bem o que vê nos padrões cinéreos da televisão malsintonizada. A mãe acha que se trata de mais uma manifestação do lirismo urbano de Celina, que lhe torna fácil forjar poéticas sobre a aleatoriedade e indeterminação dos pontos que se constelam no vazio eletrônico de imagens e sons. Mais ansioso, Horácio atribui o estranho gosto televisivo de Celina às tendências solipsistas da filha: o embaralhar das ondas hertzianas endossaria sua suspeita de que tudo o que experimenta no mundo não passa de uma manifestação de sua cinérea mente pensante.

Apesar do desconcerto de Celina, o chuvisco cede lugar a uma reportagem banal do jornal vespertino. Um repórter com um topete sebento e olhos de ressaca entrevista cineastas, astros, divas, roteiristas e fãs tresloucados de filmes românticos. A matéria é sobre o Primeiro Festival de Cinema Romântico, "onde profissionais do cinema e espectadores podem deixar aflorar o mais nobre e profundo sentimento: o amor, que devasta e que é uma fonte inesgotável de fogo e paixão". O primo galã-tapado dá um sorriso maroto e espicha os olhos para Sílvia, que desvia os seus, deitando-os ao chão.

— Adoro filmes românticos — solta Marcos, o que lhe merece o desprezo das gêmeas. Sílvia fixa os olhos no bico dos sapatos eloquentemente.

(na saída de uma sala de cinema, nosso repórter dirige-se ao público do festival)

Jornalista — O que nossos espectadores estão achando do festival?

Moça I — Estou muito feliz em poder me entregar por uns dias à maravilhosa sequência de filmes românticos.

Moça II — É verdade, aqui podemos deixar aflorar todos os nossos sentimentos sem qualquer censura, projetamos na telona todas as nossas fantasias.

Moço I — O festival está aí para provar ao mundo que não há nada de errado em sonhar com nosso príncipe encantado.

Repórter — Hehe (sorriso torto), estamos aqui com espectadores que contam uma grande história de amor pelo cinema romântico, esse gênero que mexe com nossos sentimentos mais bonitos, revelando-nos aquilo que somos: seres para o amor.

(corte de cena, ao tema de uma balada romântica consagrada, o nosso repórter jornalista aparece agora com um homem de cabelos revoltos que contempla o infinito e fala de maneira incisiva; ao fundo, uma praia paradisíaca, como não poderia deixar de ser nesse caso)

Repórter — Diretor XXX, você acaba de filmar um longa romântico que promete ser um grande sucesso de bilheteria. Pelo que sei, é a sua primeira experiência nesse gênero maravilhoso que estamos celebrando no festival. Conte ao nosso telespectador um pouco da sua experiência em filmar o longa-metragem que foi descrito como a comédia mais sentimental da década.

Diretor XXX — Fazer cinema romântico envolve muita paixão. Os cineastas têm de experimentar todos os sintomas do coração, por vezes deliciosos, por vezes tortu-

*rantes. Os alvoroços por uma troca de olhar, a taquicardia quando se escuta a voz do ser amado, a obsessão pela posse. Assim como acontece com o personagem apaixonado da história, que é um pintor francês que vive um amor inconfessável, ao realizar esse filme, os sentimentos românticos se confundiram para mim de maneira absolutamente arrebatadora. Confesso que fazer cinema romântico é quase como viver uma aventura amorosa.*

*Repórter — Posso bem imaginar, XXX. É isso aí telespectadores, diretamente do Primeiro Festival de Cinema Romântico, cuja programação vai roubar os seus corações. Até amanhã! Tenham uma boa tarde!*

O rumor dos comerciais que se sucede ao testemunho do diretor quebra o clima. Celina e Laura balançam as cadeiras em que estão sentadas entediadas e comparam as linhas finas que atravessam as palmas de suas mãos. Comparadas as mãos, Laura põe-se a jogar um joguinho qualquer no telefone celular, enquanto Celina se dedica ao exame do padrão do tecido da poltrona. Jamais tinha reparado nas formas geométricas entretecidas; demora-se em sua apreciação percorrendo-as com a ponta dos dedos. As gêmeas deixam claro que não são entusiastas do cinema sentimental. Acham-no um tanto ridículo, além de piegas. Ainda pequenos e cândidos botões, não floresceram para os amores, diria o nosso repórter.

Marcos, enlevado pelo testemunho que lhe fala ao coração e ecoa seus sentimentos mais íntimos, só tem olhos para a mulher do primo. Nos últimos dias, parece-lhe que um demoniozinho o atormenta incitando-o a se entregar às volúpias do amor. Sílvia veste uma camisa de algodão fino, estampada com pequeninas folhinhas de avenca. Os três últimos botões madreperolados, esqueceu-se de abotoá-los; o decote realça as suas curvas. Marcos dirige-lhe um olhar tão cúpido e sequioso que quase deita tudo a perder.

Os olhos de Sílvia, um tanto indecisos, vacilam entre os bicos dos sapatos e os músculos bem-definidos de Marcos, alternando estados de embaraço e de curiosidade inconfessa. Um tanto sensível esteticamente, não consegue achar Marcos, com seu tipo galã-tapado, muito interessante. Jamais lhe inspiraria uma ode, por exemplo. Porém, pertence a um mundo que lhe é tão estranho que desperta nela certo fascínio. Por um instante, os olhares de Sílvia e de Marcos encontram-se. Como se adivinhasse o conteúdo licencioso dos pensamentos do primo de Horácio, as faces de Sílvia ruborizam-se subitamente.

— Vejam só... Estamos excepcionalmente românticos hoje! — declara Horácio, que voltou para a sala há uns tantos minutos, depois de verificar que estava por demais disperso para corrigir as provas. Assiste a tudo do portal da sala, à programação piegas do jornal vespertino, ao fastio das gêmeas, bem como às trocas de olhares entre Sílvia e Marcos. Em seus olhos fulvos, percebe-se uma centelha de significação incerta.

# XVI.

## *Circunlóquios*

As semanas passam. O primo Marcos continua aqui em casa. Como diz Horácio, em seu tom mais ferino, já se tornou praticamente um autóctone. Perdoem-lhe a animosidade nada cordial, o professor anda bastante enciumado. Com seus modos meio abrutalhados, predileções um tanto fúteis e compreensão limitada do que se passa à sua volta, Marcos é-nos tão diferente que cada um de nós sente uma curiosidade quase zoológica sobre a conformação de seu caráter. A título de exemplo, reproduzo, na sequência, um típico monólogo dos que zunzunam no vácuo de seu cérebro.

*Gosto muito de Sílvia porque é tão bonita... Isto é, Sílvia é tão bonita, por isso gosto muito dela... Ou será o contrário? Sílvia é tão bonita porque gosto muito dela? É, é o contrário... É por gostar dela que é tão bonita... A beleza é fruto do amor, ou o amor, fruto da beleza? Que belo fruto o amor! Hum, estou com fome... É o amor que faz com que me pareça subitamente bela? Ou é a sua beleza que faz com que subitamente a ame? O fato é que a amo. É que me parece incomparavelmente bela. Será bela porque a amo? Ou a amo porque é bela? Ou a amo porque me*

*parece bela? Parece-me bela porque a amo? Bela ... Amor ... Eu*
*... Desejo ... Fruto ... Sexo ... Fruto ... Eu ... Desejo ... Gostosa*

Se o leitor pudesse vislumbrar o teor dos pensamentos do primo Marcos, confirmaria que fica entregue durante horas a fio a semelhantes circunlóquios. Juro. Palavra de papagaio! Marcos precisa repetir mil vezes a mesma coisa para que a compreenda. Diz, rediz, por rodeios sem fim, e conclui com a mesma afirmação que fez quando considerou a questão pela primeiríssima vez. Passa por inúmeras formulações para afirmar que Sílvia é bela, ou assim lhe parece, e que a ama. Não consegue compreender as relações mais simples de causalidade. Fica a especular se ama Sílvia porque é bela ou se Sílvia é bela porque a ama. Conclui ora uma coisa, ora outra. Circunvolução sobre circunvolução.

Dessa maneira, estamos descobrindo aqui em casa que, no que tange aos sentimentos, Marcos é meio tacanho. Ou ama ou não ama. A esses dois predicados circunscreve o seu universo de expressão sentimental. E mais: o amor é condicionado tão somente pela beleza de seu objeto; as mulheres que ama devem ser necessariamente belas e mais nada. É certo que, por vezes, é acometido pela dúvida de se a beleza não seria produto dos seus sentimentos, o que não quer dizer que especule sobre a possível incompatibilidade entre a aparência das coisas e suas características intrínsecas. Adepto antes de um obscuro entendimento demiúrgico de si mesmo e de suas habilidades, suspeita verdadeiramente que é capaz de modelar ou conformar a beleza dos objetos sobre os quais deita os olhos. Não deixa de ser uma concepção de mundo um tanto curiosa.

Apesar dessas noções grandiloquentes e equivocadas acerca dos efeitos de seus sentimentos sobre o mundo, a paixão não lhe inspira sentimentos elevados. Não o aproxima do infinito, do sempiterno, do abismo. Jamais faz reverberar em seu âmago sentimentos incomensuráveis. Tampouco lhe inspira uma vontade incontrolável de se sacrificar pelo ser amado. Em nada lhe aviva as percepções ou a imaginação. Resume-se a essa meia dúzia de palavras acanhadas, pelas quais não cansa de repetir a circularidade de seus pensamentos: amo porque é bela, é bela porque a amo.

Acho que até o vocabulário do pequeno Cosme supera o de Marcos. Circunvolvamos. Serão congênitas as suas limitações? Porventura, terá sua mãe sofrido complicações de parto? Quem sabe a engenharia o teria embotado? Essa coisa de lidar só com máquinas? Ou então, leitor, talvez seja outro o problema.... Será que não foi o amor que o fez tão tolo? O amor tem disso... Qualquer criança sabe que deixa meio abestalhados aqueles que porventura caem em suas tramas. Poderá o cérebro de Marcos ter sido vitimado irreversivelmente por uma das flechas de Cupido? Não dizem por aí do Deus do Amor que é cego e que sua mira, longe de certeira, é completamente aleatória? Ai de nós! Ficou lesado com a flecha no cérebro...

Deixemos de lado essas divagações inquietantes e voltemos ao x da questão. Afinal, diga-nos, estimado circúnvago: ama porque é bela ou é bela porque a ama?

# XVII.

## O *pelicano camoniano*

MEU SENHOR reuniu amigos para um festim outro dia. Era um encontro para comemorar o fim do semestre e o começo das férias. Faz sempre essa reunião. Gosta muito de dizer que as férias são o paraíso reconquistado. Sente-se tão feliz no abandono da rotina, em que o tempo de leitura é todo seu e em que a colorida fauna estudantil não lhe perturba as meditações, que permite-se cometer a extravagância de fazer um jantar e dissipar dinheiro, energias e esforços, com os quais costuma ser tão parcimonioso.

Compareceu a fina flor de nossa gente. Havia uma doutora em filosofia renascentista, um esteta, um professor de sânscrito, uma especialista em literatura francesa oitocentista, uns escolhidos alunos da pós-graduação, dois diplomatas, uns tantos funcionários públicos e mesmo um jurista poeta. Sobre o estatuto de poeta do último, preciso dizer que é questão controvertida.

O jurista é do tipo que rima amor com flor, com dor, lua, com rua, com nua e, pasmem, beijo, com Alentejo, com queijo. Afora isso, como diz Sílvia, faz poesia para pronta entrega: qualquer momento lhe serve de inspiração, seus versos brotam *igual chuchu na serra*. Já pagou a edição de seus poemas, que chamou, sintomaticamente, de florilégio e que forçou todos os amigos a comprar. Mas isso é o de menos. Submete-nos sempre que possível a seus arroubos poéticos que se traduzem em sessões recitativas intermináveis. Ultimamente, ameaça-nos com o novo épico da literatura brasileira. Há, portanto, muitos que apoiam uma campanha insidiosa para que o jurista desista do ofício das musas e entre para o rol mais digno, nesse caso, dos ex-poetas.

Com a chegada dos primeiros convivas, coloquei-me com cautela atrás de um biombo com cerejeiras em madrepérola, de maneira que não ofendesse os brios do jurista dormitando durante a sua inevitável recitação. Há ali um recôncavo acolchoado confortabilíssimo; fiquei, portanto, muito bem instalado. Ademais, poderia de lá ouvir a conversa entre eles sem que me importunassem para cantar o habitual "Parabéns", que lhes parece ser a coisa mais gozada do mundo e a mim, a coisa mais aborrecida.

Embora meu senhor seja um sábio, havia entre esses seus amigos um punhado de burocratas que dominaram a conversa. Dessa maneira, tivemos de ouvir candidamente os diálogos mais banais imagináveis. Confesso que os assuntos administrativos, no mais das vezes, são um soporífero fortíssimo para mim e produzem em meu cérebro uns pesadelos intricados e labirínticos de arquivos, processos, ofícios, memorandos, despachos, telegramas. A mim, pouco interessam a hierarquia do Estado, os escritos comezinhos ou os ardis dos planos de carreira a respeito dos quais tanto se arrufam os tais burocratas. Muita vez, tenho a sensação de que venderia minha alma para poupar meu imaginário das preocupações tão óbvias e vulgares por eles difundidas.

As gêmeas, arredias como de costume, não deram o ar da graça. Na verdade, já estavam prevenidas pelas lembranças de outras edições do mesmo jantar. Encerraram-se em seu quarto alegando que precisavam terminar algumas leituras. Ante o peso do argumento das leituras, Horácio deu-lhes carta branca. Sílvia ficou só um pouco. Estava visivelmente aborrecida. Tem certo tédio às controvérsias, que nesse pequeno círculo costumam-se estender por horas. Não é muito afeita aos burocratas. Considera essas amizades de Horácio meio equívocas. Trocou uns olhares de deboche com o primo Marcos, que também estava qual um peixe fora d'água. Durante alguns minutos, ele se perdeu na contemplação da beleza de Sílvia. Passada uma meia hora naquela companhia, já tinha uma expressão longínqua e sonolenta. Logo, logo cerrou os olhos e começou a roncar ali mesmo. Nesse ínterim, Sílvia levantou-se algumas vezes para falar com Sibila ao telefone. Com um de seus bocejos, que parecia resumir todo o conteúdo daquela conversa enfadonha de burocratas, pediu licença sob o pretexto de que tinha uma reunião com sua editora. Passados cinco minutos, o primo Marcos também saiu com a desculpa verossímil de que estava com sono.

Acredito que Sílvia teria feito bem em esperar. Mantenho que a vida é assim, muito enfadonha mesmo, e em meio ao fastio mor da conversa alheia há, de vez em quando, um lampejo de interesse que compensa as horas soçobradas em trivialidades. Nesse jantar não foi diferente: há que se saber garimpar. Em meio à monotonia de assuntos como promoções, licenças, cursos de formação, eis que se comentou um caso curioso. Um dos comensais mencionou um tanto indignado que, numa prova de concurso para um dos altos postos da burocracia do Estado que prestara havia poucos meses, fizeram-lhe a seguinte pergunta: o bico do pelicano na capa da primeira edição de *Os Lusíadas* está voltado para que lado?

Alguns sorriram, outros riram, alguém mais cético duvidou que houvesse um pelicano na capa de *Os Lusíadas,* o jurista-poeta ameaçou uns versos:

*Pelicano de Camões alça voo em ares*
*sobre nunca dantes navegados mares.*
*Como é belo o pelicano de Camões*
*a bicar com muito mimo uns mamões*
*tão distante dos lisboetas bulevares!*

Aos versos, sucedeu um silêncio constrangido. Antes que nosso poeta aproveitasse o ensejo para expelir mais alguns, a renascentista começou a falar pelos cotovelos sobre sua osteoporose, o que nos poupou a segunda estrofe.

Voltaram à questão do pelicano. A maior parte achou a pergunta um tanto capciosa e sem sentido. Já ouço eco a essa opinião dos amigos do professor no rumor indignado do meu leitor. Não seja precipitado, peço-lhe um pingo de paciência. Naturalmente, não é muito agradável para mim que faça pouco caso de uma ave assim ilustre. A questão não é mero capricho de uma banca munificente. Pelo contrário, atenta os candidatos para a riqueza dos detalhes (e, por que não?, para a importância das aves). Segundo o esteta, é mesmo uma questão fulcral para o estabelecimento do texto camoniano, já que é um dos traços que diferenciam duas edições do século XVI, quais sejam, a E e a Ee, que concorrem a título de *editio princeps.* Ora pois, enquanto na edição E o pelicano olha para a esquerda, na edição Ee, olha para a direita.

Como tenho insistido, o caro leitor não deve se descuidar dos vastos cabedais da cultura ornitológica. A questão da prova revela-se, tão somente, mais um sinal das relações privilegiadas entre nossas espécies, sobre as quais tenho muito insistido nessas páginas. Confirma ainda que minha tagarelice não se reduz a um exercício vão. Alguém que ocupe um posto dessa natureza há que se empenhar no avanço em nossas relações recíprocas. Ora, não se deve ignorar o pelicano de Camões com um olhar altaneiro ou um ar de empáfia.

Além disso, há que se reconhecer que, para responder a essa pergunta, o candidato que porventura não conheça a capa da primeira edição da obra-prima de Camões tem de se valer do mais afiado raciocínio. Eu, que jamais deitei os olhos na dita capa (tenho de confessar, leitor, só li a versão condensada), procederia da seguinte maneira. *Os Lusíadas* narra as aventuras da rota marítima para o Oriente. Dessa feita, se em sua capa estivesse estampado Camões ou Vasco da Gama o natural é que se voltasse para o Oriente, que convencionou-se colocar à direita nos mapas. No caso do pelicano, ave marítima que simboliza tais venturosas navegações, dá-se raciocínio análogo. O pelicano deve estar virado para a sua direita, como se avistasse as terras distantes descobertas pelos navegantes portugueses. Já os orientais que porventura travavam contato com os portugueses, esses sim, representados, poderiam voltar-se para o Ocidente à sua esquerda, no ato diametral do pelicano, que volta o seu bico para o Oriente. Deduzo pois que o bico da ave esteja voltado para a sua direita, isto é, a nossa esquerda, como se contemplasse o périplo feito por Vasco da Gama. Se no afã da prova, um candidato distraído se olvidasse das óbvias referências históricas e isso não lhe ocorresse, como último recurso, poderia recorrer aos valores estéticos. Ora, se em português lemos da esquerda para a direita, o natural é que o pelicano esteja olhando para trás, isto é, para a esquerda, apreciando o passado compreendido nas narrativas, com um ar de espanto e nostalgia, ignorando o futuro que dele desdobra.

Não sei se foi essa a resposta certa, mas se não for, peço que os candidatos se entendam com a banca, pois aí sim me parece ferir todos os critérios de razoabilidade.

# XVIII.

## *Cosmografias do pequeno Cosme*

Tenho adiado constantemente o capítulo em que apresente devidamente o leitor a Cosme, o pequeno lebrel que é o amor de todos e meu arqui-inimigo. Na verdade, Cosme não é tão mau assim. Nossa inimizade, que tenho de admitir ser mais da minha parte que da dele, resulta sobretudo da natural disputa pelo afeto da família. Embora eu devesse ter precedência por antiguidade, a família logo se afeiçoou a Cosme, um ser que é todo sentimento. Todos aqui em casa dão-lhe mostras de estima comparáveis às demonstrações que este velho papagaio recebe. Comparáveis ou maiores: derretem-se pelo pequeno canino. Infeliz Louro! Até o cãozinho Cosme é mais querido do que eu!

Chegou não faz tanto tempo, talvez há uns três anos. À época, as regras da casa eram rígidas. Os pais haviam cedido ao desejo imperioso das meninas por um cãozinho, mas também deixaram claras leis muito severas relativas aos cuidados que o filhote exigia. O cãozinho, por menor que fosse, deveria ater-se ao jardim. Foi construída uma pequena casa de madeira perto da varanda, que as gêmeas tornaram mais convidativa com caminha macia e cobertores. À noite, com seus olhos tristes, despediam-se de Cosme, que ficava horas à porta da varanda com a esperança de uma oportunidade de voltar aos cuidados de suas donas. Filhote que era, chorava baixinho, da forma mais plangente imaginável, apertando-nos o coração.

Apesar de seus ares frágeis e olhos sentimentais, Cosme tinha, na verdade, ideias revolucionárias. Era, por princípio, avesso à hierarquização espacial que fora outorgada pelos pais sem muita meditação e, o que é pior, sem que fosse alcançado um consenso político na nossa pequena sociedade. As gêmeas, com efeito, eram contrárias a tal projeto de lei. Pressentindo a brecha, Cosme adotou as práticas mais subversivas. Encontrava sempre uma maneira de se introduzir dentro de casa e, uma vez no território proibido, comportava-se de maneira tão exemplar e cândida que nem mesmo Horácio animava-se a expulsá-lo de lá.

Num intervalo de poucas semanas, dobrou as vontades mais inclementes e galgou poltronas, sofás e canapés. Não satisfeito, seguiu em seu projeto expansionista até obter circulação livre pela casa. Tornou-se visita rotineira na cozinha, para onde trazia sua ração lá de fora, aos bocados, para ter companhia à hora da refeição. Implorava com os olhos de maneira tão persuasiva que logo à ração somavam-se pedacinhos de pão com manteiga, biscoitos, frutas, queijo, carne.

O cãozinho conquistador subjugou *urbs et orbis*. Em pouco tempo, já era admitido nos cômodos mais íntimos. Acompanhava as gêmeas para todos os lados com seu passinho galante. Quando as meninas partiam para a escola, voltava os seus cuidados a Sílvia, fazendo-lhe companhia enquanto escrevia. Era bem-vindo mesmo no escritório de Horácio, onde as próprias filhas titubeavam antes de entrar. Sem a menor cerimônia, saltava sobre o colo do professor para ler com ele as páginas amareladas. Horácio diz dele que é um latinista nato. A antiga ordem fora revertida: em pouco tempo, o pequeno lebrel encontrava-se muito bem instalado nos domínios domésticos. A casinha de madeira, esquecida, está hoje caindo aos pedaços.

Às vezes, o pequeno Cosme senta-se no meio das almofadas na poltrona da sala para observar o que se passa em nossa casa. É dado às poéticas do quotidiano. Passa horas vendo a luz da tarde que atravessa o assoalho de madeira, cada vez mais oblíqua. Adivinha muito dos sentimentos que impulsionam cada um, estudando seus gestos, escutando rasgos de conversa, demorando-se nas expressões que vislumbra, registrando seus movimentos, suas hesitações, seus caprichos. Com a ciência dessas coisas ínfimas, que muito lhe apraz, preenche algumas horas agradavelmente e encontra os diferentes caminhos para os corações dos seus. É um cãozinho cordial.

Vamos ao seu encalço, para conhecer os artifícios de que se vale para conquistar os outros. Vejam-no ali, como o descrevi no último parágrafo, espichado no sofá do canto, com a cabeça deitada na almofada alaranjada. Tem as patinhas elegantemente cruzadas. O seu pelo macio reluz ligeiramente. Combina muito bem com o matiz acinzentado do sofá, que é praticamente o mesmo. Seus olhos, de um castanho aveludado, realçados pelas pálpebras negras, brilham no lusco-fusco da tarde: são infinitamente ternos e compreensivos e convidam às trocas afetivas. Faz amizades com facilidade invejável, muito em função desses olhos. Venha leitor, sente-se aqui comigo à janela da varanda de onde podemos observar os seus gestos e mimos.

Celina entra na sala. Brinca de antigamente, veste um vestido oitocentista que lhe acentua os ares melancólicos.

As pregas de tafetá exalam cânfora e naftalina, Cosme espirra quando lhe afaga as orelhas. Cosme levanta, espreguiça e deita-se no colo de Celina. Faz-se uma bolinha, todo encolhido. Boceja duas vezes. Os olhos vão ficando pequenos. Logo cai-lhe a cabeça, encosta-a no joelho de Celina e se entrega a um sono profundo e tranquilo. Passados poucos minutos, a patinha começa a balançar. Dormindo, fareja o ar e faz uns barulhinhos. As patinhas se agitam novamente. Solta um latido abafado. Tergiverso. O pequeno Cosme, a bem da verdade, não é todo amores. Quantos e quais passarinhos, miúdos e grandes, de plumagens verdes, amarelas, pardas, rubras, azuis ou negras, estará caçando em seus sonhos torvos de pequeno lebrel?

Saio de fininho...

# XIX.

## *A visão de um bem-te-vi ou a metempsicose*

HORÁCIO ESTÁ há meia hora plantado no nosso jardim, olhando fixamente para o seu carro. É uma velha kombi cor de cereja, vulgo *Bicharoco*, um tanto empoeirada. Apoia as mão nos joelhos ligeiramente projetados para a frente, como se assistisse a uma partida de futebol. O queixo está meio caído e, dessa distância, posso apenas adivinhar o filete de baba escorrendo pelo canto da sua boca. O que haverá de tão fascinante naquele ferro-velho? O que nesse mundo o terá levado a se ausentar durante tantos minutos das leituras?

Estou deveras curioso, mas hesito em me aproximar e averiguar a situação. Não nasci ontem. Sei bem que minha curiosidade inocente pode ser paga com uma exposição interminável sobre o pentâmetro datílico e seu pé surrupiado na poesia elegíaca. Como o leitor já deve ter percebido, o professor está sempre à procura de público — seja papagaio, seja cachorro, seja criança — para testar suas ideias, que são eruditas e cheias de referências obscuras. Mesmo eu, um dos seus interlocutores preferidos, tenho preguiça de tanta marginália e da velha ladainha dos filólogos oitocentistas.

Apesar de minha sabedoria e prudência, a Curiosidade ataca-me tenazmente com perguntas insidiosas. Aviva em mim o interesse pelo fato incógnito e inculca a necessidade de o conhecer. Repete-se incansável. *O que tem Horácio? O que será? Deve ser algo de interesse, do contrário, como estaria Horácio entretido durante tanto tempo? Que mal tem dar uma espiada? Horácio nem vai ver... Você vai e volta em um pulo... Vá logo! Antes que termine o espetáculo! O tempo voa... O que há de ser?*

A pérfida Curiosidade vai, assim, pouco a pouco, sobrepujando a minha vontade. Insinua-se com tamanha perícia que repito as perguntas que me sussurrou ao ouvido como se as tivesse pensado por minha conta. Já não passo de um joguete manipulado por seus dedos hábeis. Raciocino à maneira dela: "Decerto, se for discreto, conseguirei matar a curiosidade e retornar incólume; vou e volto em um pulo." Alguns minutos mais tarde, estou decidido. Sem hesitar, alço voo e lanço-me em direção a Horácio e Bicharoco.

Vou em um pulo. Horácio contempla o nosso amigo bem-te-vi, ser de ínfima inteligência. Temerário, esqueço-me de voltar. Pouso em um galho um pouco acima de Horácio para compreender o que há no bem-te-vi que o torna um espetáculo tão alienante. O bem-te-vi volteja ante o velho retrovisor do automóvel. Abre as asas, recolhe-as, pousa na estrutura de plástico preta que emoldura o espelho do retrovisor. A moldura de plástico faz um nicho diminuto, mas largo o suficiente para comportar a pequena ave. Demora-se nesse nicho. Bica o vidro. Espicha as asas. Levanta voo. Volta a rodear o retrovisor. Enquanto voeja, bica o ...

— Ahá! É você, Louro? Estava justamente me perguntando por você — surpreende-me Horácio.

Encolho as minhas asas com a esperança de me camuflar entre a folhagem viçosa da árvore em que me encontro.

— Veja que gozado, Louro. Enamorou-se do próprio reflexo... — fala Horácio, encantado com a descoberta que fez. Guardo silêncio para ver se o desencorajo de tecer as mais desvairadas teorias acerca do bem-te-vi e da ausência da noção de subjetividade na lírica romana.

— Qual é mesmo o nome desse pássaro? — Horácio insiste.

— Bem-te-vi... — Já não o posso ignorar, suspiro e dou a tarde por perdida.

— Se me permite o trocadilho, Louro, nesse caso, cai-lhe melhor o nome de bem-me-vi. — Horácio solta uma gargalhada esquisita.

— Hehehe — forço o riso para não o deixar sem graça.

— Sabe o que me parece, Louro?

— O quê?

— Que esse bem-te-vi não é ninguém menos que a alma de Narciso reencarnada, transmigrada, metempsicótica — diz inflando o peito.

— E por acaso flores têm alma? Era o que me faltava.

— Não, seu tolinho, Narciso é aquele personagem do mito grego, que morreu por ter-se apaixonado por sua imagem refletida. Enamorou-se do próprio reflexo que vislumbrou em um lago que tinha a água mais límpida e cuja margem não conseguiu abandonar, fenecendo à beira do objeto intangível de sua paixão. Enfim, o que dizia é que o bem-te-vi é a reencarnação de Narciso.

— Deveras? — pergunto com o tom mais indiferente que consigo emular.

— Uai. Segundo Luciano, Pitágoras reencarnou em um galo. Por que diabos não poderá a alma de Narciso transmigrar para o corpo do nosso bem-te-vi?

— Pode ser, por que não? Mas, que mal lhe pergunte, desde quando acredita na metempsicose, Horácio?

— Bom, há extensa e variada literatura sobre o assunto na Antiguidade. Desde os hinos órficos, os gregos já percebiam a vida como uma manifestação cíclica de um cosmo igualmente cíclico, ideia, aliás, que tem inflexões orientais. Da flor da poesia, a metempsicose seria acolhida pelo pensamento mais sistemático dos filósofos. A filosofia ressignificou a noção de metempsicose das maneiras mais variadas: ganhou aplicação nos campos da epistemologia, da moral, da metafísica, da psicologia. Os argumentos morais me parecem especialmente alusivos. Uma vez que os seres humanos nascem manchados por uma impureza ou miasma, precisam reencarnar várias vezes, inclusive como animais e plantas, para expiar o erro original ou outro crime qualquer cometido no início dos tempos. As fontes divergem quanto ao período de purificação que seria necessário para a expiação. Em alguns textos, diz-se que teríamos de permanecer 10 mil anos reencarnando; em outros, esse período seria de "apenas" 3 mil anos. Os órficos defendiam que as revelações dos mistérios e as práticas ascéticas recomendadas seriam a única forma de se libertar precocemente desse ciclo de vidas, atingindo-se, pois, um estado de beatitude após uma apoteose.

"Na tradição filosófica, a metempsicose é acolhida por Empédocles, pelos pitagóricos (cujos preceitos para a vida comum são, em grande medida, derivados dessa crença) e por Platão, como demonstram os mitos escatológicos recorrentes em sua obra. Nesses mitos, Platão se apropria da doutrina órfica, adaptando-a muito astutamente: a vida filosófica seria a forma de se abreviar o período de purificação.

"Intimamente ligada à metempsicose é a explicação tanto órfica como platônica de nosso esquecimento das vidas passadas. Faz referência, não raro, à fonte do esquecimento no Hades, ao pé de um cipreste branco, da qual as almas costumam beber antes de reencarnar em um novo corpo. Descreve-se, igualmente, outra fonte, da Memória, cuja água deve-se beber para escapar do ciclo de reencarnações. Além de justificar o esquecimento das vidas anteriores, essa explicação pode ter inspirado a teoria da reminiscência, da rememoração, da anamnese, esboçada inicialmente no *Mênon*...

# XX.

## *Um diálogo com os mortos*

HORÁCIO DISCORRE longamente sobre o *Mênon*, sobre as ideias que não são aprendidas em uma única vida, mas relembradas de vidas anteriores por meio de práticas filosóficas. Minhas pálpebras amarelas pesam. Esquecimento... memória... reminiscência... contemplação... mistérios... O discurso já não faz mais sentido algum. Fica no ar uma interrogação: ideias... ideias... ideias...? A resposta parece-me ser uma aporia: mistério... mistério... mistério...!

Pestanejo e cochilo. Tenho um sonho estranho. Estou a conversar com o tal do Mênon em uma barca. Atravessamos um rio muito lúgubre que corre em terras sombrias. As pessoas à nossa volta soltam os choros mais tristes e melancólicos que se possam imaginar. Mas pouco me importo.

— O que é mesmo metempsicose, seu Mênon?

— Metempsicose? É a necessidade que tem a alma de renascer em diferentes corpos ao longo do tempo. Eu por exemplo, antes de nascer como este homem que ora vês, lutei em Troia. Era ninguém menos que o nobre Heitor. Na minha última encarnação, fui uma berinjela igualmente nobre.

— Não diz!

— Pois é verdade! Duvidas?

— Não, de maneira alguma. Quem terei sido eu em outros ciclos de vida?

— Tens de vasculhar a memória.

— Suspeito de que fui Ramsés ou Akhenaton, não sei por quê.

— É possível.

Horácio surge do nada:

— Louro, tu por aqui! Não te disse que havia argumentos sólidos em favor da metempsicose? Acabo de descobrir que na minha próxima encarnação serei uma vitória-régia. Assim, poderei descansar, ficar boiando o dia inteiro, me refestelando ao sol dos trópicos. Uma vitória-régia, que delícia poder assim vegetar...

Cosme vem correndo ao nosso encontro. Para minha surpresa, porém, tem três idênticas cabeças e não apenas uma. A índole doce cede espaço a uma disposição verdadeiramente feroz. As pessoas fogem das mordidas que dá a um só tempo com as três bocas repletas de dentes afiados. Cosme late, e seu latido é triplamente esganiçado.

— Tenho de estar bêbado! — exclamo esfregando os olhos com as pontas das minhas asas.

O velho maltrapilho que conduz a barca resmunga algo que não compreendo. Mênon faz as vezes de intérprete. Discute longamente. Não parece muito feliz com os rumos que toma a conversa. Muita vez, volta-se para mim com um ar arrufado.

— Não há jeito, teremos de pagar um óbolo cada para desembarcar.

— Desembarcar onde? Um óbolo?! Quanto é isso? Tenho apenas alguns centavos aqui. Será que dá?

— Desembarcar no Hades, nas margens do Aqueronte, ora. Insisti com ele, mas disse que não aceita moeda estrangeira, teremos de encontrar um cambista...

— Mas tu disseste o Hades? Estamos por acaso mortos?

— Sim — responde Mênon, lacônico.

Aparece outro sujeito que ri escandalosamente. Um certo Menipo, mordido pela raiva cínica.

— Agora é que te deste conta, Louro? Sonhavas estar na terra em meio a tantos esqueletos? És mesmo um tolo.

O comentário de Menipo é como uma revelação. É aí que percebo que de fato Mênon não passa de um esqueleto, assim como Menipo e todos os demais passageiros. Seus crânios alvos sorriem um sorriso igualmente sinistro. Meus olhos, quais dois pêndulos, passam de Mênon para Menipo, de Menipo para Mênon. Reduzidos aos ossos, são praticamente idênticos. Só os consigo diferenciar pela violência com que as gargalhadas chacoalham os ossos de Menipo, em resposta às pequenas vaidades alheias. Medito sobre a morte.

— Sobre o quê haveremos de conversar agora que estamos mortos? Sinto dizer que fiquei sem palavras, é-me uma experiência muito nova.

— Nova, não. Apenas te esqueceste — insiste Mênon.

— O assunto preferido dos mortos é a glória perdida. Todos foram grandes e poderosos. Basta terem subido em uma caixa de uvas, que lembram-se do fato como se tivessem ocupado um trono esplêndido — late o Menipo rindo dos que se vangloriam.

— Pois bem, eu governei muito sábia e magnanimamente o meu jardim — informo os presentes para que não façam pouco caso deste velho papagaio.

— E eu percorri todo o cânone literário! — intromete-se Horácio.

— E de que te vale o Reino do Jardim, Louro, agora que não passas de ossos, tal como a mais ínfima joaninha que suportou estoicamente os teus arbítrios? O que é o cânone literário, Horácio, senão um arbítrio dos tempos? A morte, tacanho papagaio e iludido professor, nos iguala a todos — Menipo afirma sentencioso. Antes mesmo de eu responder, nos abandona para ir atormentar um poeta que vê ao longe.

Desapareceram a barca e o rio. Estamos caminhando por um vale onde se espalham mortos sem-fim, reunidos em pequenos círculos. Escuto uma música infinitamente triste que me faz lamentar a vida que perdi. Mênon aponta para a direção de onde vêm as notas plangentes. Um belo rapaz toca a lira. Ele parece fiar sua melancolia no fuso de uma violenta paixão. Cada vez afina mais os fios de sua lira. Dedilha-a, colhendo as notas trêmulas com que compõe seu lamento.

— É Orfeu! — comenta Mênon.

Continuamos a caminhar pelo mundo dos mortos. Chegamos a um vale onde brotam miríades de fontes. Aturdidos, não sabemos reconhecer qual é a da memória. Como era mesmo a história do pinheiro albino? Visitamos uma, depois outra, mas não conseguimos nos decidir. O bem-te-vi Narciso fica nos atazanando. Procura o seu reflexo em cada uma das fontes, lançando água sobre nós com suas asas palpitantes. Contudo, a água corrente devolve-lhe um reflexo indefinido e turvo, quando muito. Narciso continua a busca por seu reflexo amado. Voa de cá pra lá, de lá pra cá, de cá pra lá, lá pra cá... Estou com tanta sede que preciso beber. Faço uni-duni-tê e bebo a água que escorre justamente da fonte ao pé de um cipreste branco. Um momento de lucidez. Não era essa que o Horácio disse que tínhamos de evitar? Sobrevém-me o mais delicioso esquecimento.

# XXI.

## *O limbo das canetas*

É UMA AZULADA manhã de janeiro. O firmamento está límpido; no horizonte, há o mais tênue traço de nuvens cirros. Estamos todos espalhados por galhos e espreguiçadeiras, inclinando-nos à luz do sol. Eu estou acomodado em uma tépida quaresmeira, os raios quentes entremeando-se com sua folhagem pouco densa. Cosme dorme deitado na grama, aos pés de Laura. Laura penteia os cachos de Celina. Celina fita o contorno das nuvens com olhos morteiros. Horácio finge que lê um comentário à marginália comentando o comentário de Plotino a Platão. Sílvia pensa em algum poema, anota e risca palavras ao léu. Marcos, que, pasmem!, ainda se encontra entre nós, contempla Sílvia demoradamente, embevecido com sua beleza louçã; como costumamos dizer nós, papagaios, arrasta a asa à mulher do primo.

— Louro, como estão indo suas memórias? — pergunta-me Horácio, dando por vencidos os esforços em se concentrar no regresso *ad infinitum* dos comentários.

— Louro, não. Doravante, peço que me chamem de *Laurentius de Perroquet.*

— Laurentius Perroquet? — pergunta-me Sílvia com espanto.

— Laurentius *de* Perroquet. Muito agradeceria o obséquio de não esquecer o pequeno "*de*" — corrijo-a, cioso da minha recém-adquirida nobreza.

— Por que diabos Laurentius de Perroquet? — indaga Laura.

— É o meu *nom de plume*. Não o acha galante? — pergunto, cheio de satisfação e vaidade.

— É, não sei... Pode ser... Mas e as memórias? — diz Horácio, como sempre respeitando as nossas pequenas veleidades. Articulo por diversas vezes *Laurentius de Perroquet* encontrando sumo prazer em escutar o meu *nom de plume*.

— As memórias estão paradas — digo hesitante...

— Mas por quê? Andava tão entusiasmado — pergunta Sílvia.

— Surrupiaram a minha pena — conto a triste verdade.

— Como assim, Louro, quero dizer visconde de *Perroquet*. Você tem uma centena de penas — ironiza Celina.

— Não nesse sentido, tolinha. A pena com que escrevo, ora.

— Céus, escreve até hoje com uma pena? Bem que o papai nos disse que você era dos tempos do onça — comenta Laura.

— Não, crianças, é uma metáfora. É que é mais bonito dizer "surrupiaram a minha pena" que "roubaram a minha caneta esferográfica". Façam um pequeno esforço ao menos para adquirir certa sensibilidade literária, pelos céus! — reclamo.

— Bom, eu não tenho nada contra canetas esferográficas — diz Celina com um ar de enfado.

— Nem eu — Laura faz coro.

— Então deve ter sido uma de vocês quem surrupiou minha pena — acuso com um olhar condenador.

— Não fomos nós! — chilreiam.

— Bom, então não foram vocês. Na verdade suspeito que a caneta, quero dizer, a pena, rendeu-se ao limbo das canetas — digo um pouco pesaroso.

— Limbo das canetas?

— Sim. O limbo das canetas é mencionado pela primeira vez por um filólogo bizantino que, ante o misterioso fenômeno do constante e inevitável desaparecimento das canetas da biblioteca, ou algo que o valha, propôs a existência de um limbo das canetas. Uma vez que as canetas desaparecem constantemente de nossas mesas, escrivaninhas, estojos e bolsos e jamais reaparecem em parte alguma, há que existir um lugar para onde convergem todas. Esse lugar, cuja existência podemos tão somente deduzir, chamou-o de limbo das canetas o nosso bizantino.

— Que engraçado...

— Mas não parou aí a especulação filosófica relativa ao limbo das canetas. Retomou-a um jesuíta português no início do século XVI. Viajou pelo Oriente e pelo Ocidente, pela China, pela Índia e pelas Américas, e verificou que o curioso fenômeno se repetia entre todos os povos que conheceu em suas andanças. A tendência observada pela primeira vez em uma biblioteca de Bizâncio revelou-se universalmente válida, merecendo importante papel na argumentação do religioso em favor da humanidade compartilhada pelos povos pagãos, entre os quais viveu longas décadas.

— Alto lá, Louro, o que tem a sua caneta a ver com a Humanidade?

— Isso é com o jesuíta. O certo é que o "limbo das canetas" só seria plenamente desvendado no século seguinte, em um tratado dedicado exclusivamente ao seu entendimento. Trata-se da *opera magna* de uma pupila de Leibniz, da pequena nobreza bavária. Intrigada com a maneira como suas canetas não se cansavam de desaparecer por mais que se valesse de artifícios infinitamente engenhosos (como amarrá-las ao pé da mesa) e com o triste fato de que, uma vez perdidas, jamais seriam recuperadas, a pequena condessa debruçou-se por dias e noites sobre o inescrutável limbo das canetas.

— Sei. Louro, já estamos meio cansadas. Podemos continuar depois? — perguntou uma das meninas. Ignoro-a solenemente.

— Em suas pesquisas, a aluna de Leibniz verificou que um fenômeno que ocorria tão sistematicamente, da Europa à África, da China ao Peru, não poderia ser meramente fruto do acaso. Conformar-se-ia à ordem que rege todos os movimentos em nosso universo. Apoiando-se nessa constatação, desvendou obscuras leis da física que explicam a desmaterialização de objetos oblongos peniformes, bem como sua rematerialização em outra dimensão. A lei da física que enunciou foi esta: há uma força física que atrai todas as canetas para um invisível bolsão que se esconde entre as dobras da realidade.

— Louro!!! — Apesar dos protestos, persisto infatigável.

— Até onde sei, aí, nesse tratado, se encontra a primeira referência às múltiplas dimensões existentes no vasto universo, inextricáveis pelos nossos precários sentidos. O limbo das canetas será objeto de novos estudos no final do século XIX, com o advento das teorias evolucionistas. As canetas, submetidas à seleção natural desde os primórdios dos tempos, ...

— Feche o bico, Louro! — Aí também é demais. Me calo. Deixe estar.

Ante semelhante público, desisto de elucidar o limbo das canetas. Que permaneçam ignorantes e incultas. Tenho como certo que, em alguma universidade em um canto recôndito do mundo, há alguém mais sábio que prepara um douto doutorado sobre a fascinante literatura em torno do limbo das canetas, complementando-a com especulações sobre como a mecânica quântica lança novas luzes no limbo das canetas. Alço voo.

# XXII.

## *Tromba d'água*

A NOITE ESTÁ para as bruxas. O céu, carregado de nuvens túmidas, plúmbeas, nos aterra. A claridade da lua obnubilada é um borrão no céu fechado. O vento revira os galhos das árvores no jardim, deixando um rastro de folhas caídas. Peço exílio no quarto das gêmeas em bom tempo, logo em seguida cai uma tromba d'água. A chuva vem em baforadas frias que alagam os canteiros do jardim e gelam nossas mãos, asas e patas. Luzes pusilânimes piscam através das camadas de chuva alternadamente fina e grossa. As meninas encolhem-se com canecas de chá, enroscadas em cobertores. Eu me aninho no encosto de uma poltrona puída e macia.

Apesar do mau tempo, Sílvia está decidida a sair. Vai a uma festa na casa de Sibila. Fomos todos convidados, mas, à exceção de Sílvia, cada qual arranjou uma desculpa. Eu inventei que estava com labirintite e que Doutora Coruja tinha-me proibido terminantemente de andar de carro. Laura disse que fizera uma promessa a Santa Ifigênia que alcançara e que agora tinha de rezar mil ave-marias e 10 mil pais-nossos antes de colocar o pé na rua (não a sabíamos tão católica). Celina, menos dada a afabilidades, falou na lata que não gostava de Sibila e por isso não tinha motivo para ir à sua casa. O pequeno Cosme escondeu-se debaixo da cama e rosnou para Sílvia quando ela foi pegá-lo. Horácio lamentou que hoje é a final de algum obscuro campeonato de futebol e que ele tem de assistir ao jogo, justo ele que não liga patavinas para futebol. Marcos, como não é de surpreender, está animadíssimo para a festa e espera Sílvia elegantemente vestido, com uma gravata-borboleta.

Nem precisávamos ter perdido nosso tempo pensando essas desculpas esfarrapadas, essa tempestade é motivo suficiente para qualquer pessoa sensata recolher-se em casa. Qualquer pessoa sensata exceto Sílvia que, chateada com todos nós, resolveu ir sozinha à casa de Sibila (o primo Marcos não conta, acho que até Sílvia já se cansou de sua índole romântica). A turbidez dos sentimentos de Sílvia, qual a do ar chuvoso, transparece em seu semblante. Soma-se ao nosso desconforto a presença já um pouco incômoda do primo Marcos, que gravita em torno de Sílvia. Como se isso não bastasse, os dois vão levar uma garrafa de absinto, o que sugere uma festa em que haverá toda espécie de libertinagem. Deve ser uma provocação para Horácio.

Sílvia vai e volta preparando-se. Usa um lindo vestido de seda verde com um ar meio oriental. Entra no quarto e pergunta se as meninas viram tal ou qual bolsa, este ou aquele cinto. As meninas não sabem de nada, mas ficam à volta da mãe enquanto ela se veste e maquila. Admiram-lhe os cabelos lustrosos e os olhos delineados. Passam os dedos pela seda verde. Escolhem um sapato para ela. Pedem para lhes pintar os olhos também e borrifar um pouco do perfume de jasmim em seus pulsos.

— Bom, estou indo, queridas. Não esperem por mim.

Celina dirige à mãe um olhar longo pelo qual suplica que a mãe não a deixe, não esta noite, pelo menos. Diz, por esse olhar, coisas mais que me escapam, mas que Sílvia parece compreender. Hesita antes de pegar a bolsa, mas acaba por fazê-lo. Antes de partir, beija as filhas na testa, restabelece desse modo a natural hierarquia entre pais e filhos. Deixa o olhar de Celina sem resposta.

Quando Sílvia parte, fica um vestígio de seu perfume no ar, que nos lembra a toda hora de sua ausência. As meninas estão amuadas, Celina sobretudo. Tento fazer umas gracinhas de papagaio para alegrá-las, sem alcançar bons resultados. Por fim, Laura me diz:

— Louro, você nos conta uma história?

— Claro, claro. Que história querem escutar?

— Alguma de princesa.

— Ótimo! Vou contar a do papagaio do limo verde.

— Não, Louro. Pedi uma história de princesa! — Laura reclama.

— Mas essa é de princesa. Tenha um pouco de paciência. — As meninas deitam-se, envolvendo-se nos cobertores e voltam-se para mim cheias de expectativas.

— Era uma vez uma moça, quero dizer, uma princesa, muito bonita, como sói acontecer em histórias desse tipo. Essa moça, chamemo-la de Flora, era a princesa de um grande reino e, mesmo para uma princesa, dispunha de uma riqueza tão fabulosa que não havia outra em reino algum do mundo que se lhe comparasse. Conta-se que as peças de seus brinquedos eram diamantes, rubis, esmeraldas, topázios e que seus vestidos, bordados a ouro, iluminavam-se com todas as constelações do céu.

A princesa tinha uma prima que lhe era um pouco inferior em tudo, na estatura, na beleza, na inteligência, na cordialidade, na sabedoria. Na riqueza, nem se fala. Essa prima foi passar alguns meses com nossa princesa e logo a distribuição muito desigual de graças e virtudes imiscuiu em seu peito o sentimento venenoso da inveja. Se não lhe era possível diminuir a beleza, perspicácia ou amabilidade da prima, poderia talvez subtrair-lhe algo da riqueza. Pôs-se então a investigar como era adquirida, até que descobriu o segredo maravilhoso de Flora.

Cada noite, quando todos já dormiam, a moça abria a janela de seus aposentos. Pela janela, entrava um belíssimo papagaio, muito verde, que lhe suplicava um pouco de água. A princesa Flora buscava então uma bacia dourada, que reluzia à luz da lua. Na bacia, tremeluzia a água mais pura. O enigmático papagaio lançava-se à água sequioso, encrespando as verdes penas de suas asas largas. Ao que parecia, a água ia dissolvendo as plumas do papagaio. E cada gotinha d'água que espirrava da bacia transubstanciava-se em diamantes e outras pedras preciosas em meio ao ar. A moça os ia colhendo e guardando em uma caixa de madrepérola. Terminado o banho, no lugar do papagaio surgia um garção muito lindo, mais lindo que todos os outros. Era o Príncipe do Limo Verde.

A prima, um tanto invejosa, resolveu roubar a felicidade de Flora, colocando cacos de vidro na janela dos aposentos da princesa. Quando veio a noite e o príncipe entrou no palácio pela dita janela, ficou mortalmente ferido e pôs-se a fugir em um voo tortuoso e periclitante. Sumiu no horizonte.

A princesa não entendeu muito bem o que se passara. Mas como o papagaio não retornou nas noites seguintes, soube que era a sua vez de ir ao seu encontro. Aprendeu, do rouxinol que habitava os jardins palacianos, que o Príncipe do Limo Verde poderia ser encontrado no distante Reino de

Alcelóis. Iniciou, dessa feita, a viagem fantástica em busca do amor perdido.

Logo à sua saída encontrou uma pobre velha com a qual dividiu seu pão. Recebeu em troca um vestido de bronze fulgurante. Em palavras cifradas, a boa velha deu a entender que o vestido a protegeria dos monstros zoomórficos, centauros, dragões, esfinges, que encontrasse em sua viagem ao Reino de Alcelóis. Pelo caminho que ia se espichando, o Sol e a Lua ajudaram-na a se orientar rumo ao reino distante. A princesa fez-se muito amada por toda parte onde passava, e, com o auxílio dos novos amigos, venceu mil obstáculos e sobreviveu mil vezes a mil peripécias.

Enfim, achou o seu querido papagaio, o formoso Príncipe do Limo Verde, entre a vida e a morte. Com suas mãos amorosas conseguiu curá-lo. Para a alegria do reino, fez-se papagaia para poder com ele se casar. Casaram-se e viveram felizes para sempre.

\* \* \*

As gêmeas adormeceram. A casa está silenciosa e a chuva, mansa e constante.

\* \* \*

Acordo com o movimento de Sílvia e Marcos chegando em casa. A chave gira, a porta range. Marcos tira os sapatos e desliza silenciosamente até o quarto de hóspedes. Sílvia joga sua bolsa no sofá e vai até a cozinha beber um copo d'água. Esquece de tirar os saltos que fazem toc-toc-toc-toc-toc-toc-toc no corredor. Já amanheceu. A chuva se levantou. A luz da manhã penetra pela casa. Sentimos o sol em cada reflexo. O brilho topázio do céu fere-nos os olhos habituados à luz tênue filtrada por nuvens nimbos. Ouço o rumor abafado de uma discussão entre Sílvia e Horácio. Afinal, isso são horas? As meninas dormem ou fingem que dormem.

# XXIII.

## *Companhia duvidosa*

A MADRUGADA CHEGA suave. A nossa casa está subitamente silenciosa. O primo Marcos resolveu partir por uns dias para fazer umas trilhas na tal Estrada Real. Acho que está meio ressentido. Nós, ao contrário, achamos ótima a ideia dele de nos deixar por um tempo. Estamos nos sentindo todos mais livres e à vontade. A televisão voltou a chuviscar e cada um está recolhido em seu canto, aliviado de não ter de se preocupar com o hóspede. Eu mesmo já não aguentava a insistência com a qual tentava me ensinar frases do tipo "Marcos é campeão: esperto, cheiroso e gostosão".

Já é tarde da noite. Mas não consigo dormir. Estranho a quietude que recuperou a nossa casa. Penso sobre o pequeno turbilhão que nos agitou nas últimas semanas. Sinto-me ainda no estado febril em que temos vivido, a todo tempo tomados pelas preocupações mais banais, incapazes de repousar por um instante sequer. Terá sido tão somente a presença do primo Marcos? Como conseguiu nos perturbar a tal ponto? Haverá outros epicentros de inquietação que ignoro?

Perguntas e mais perguntas. Resolvo dar uma volta para esfriar a cuca. Voo da quaresmeira até a varanda. Da varanda, até a garagem. Da garagem, até o fio de alta tensão em frente à nossa casa. Acomodo-me no fio de alta tensão. Hoje à tarde caiu chuva pesada e a noite está límpida e perfumada. Observo a nossa rua sob a iluminação tênue das lâmpadas fosforescentes de mercúrio, que dá-lhe um aspecto triste. Está muito sossegada. Alternam-se faixas sombreadas e claras. Qualquer matiz de cor obliterou-se. As luzes das casas e apartamentos estão todas apagadas, já é tarde. Minto. No final da rua, tremeluz uma janela solitária.

A madrugada transcorre pacata. Há um eco longínquo de passos de um noctívago solitário. É quando noto um carro estacionado à porta de nossa casa. Que carro será esse? O de Horácio, vi-o na garagem. Quem parou o carro em nossa porta? Pertencerá a algum vizinho? Parece-me que é o carro de Sibila. Gozado. O que faz seu carro aqui? Ela nem veio nos visitar esta noite... Terá viajado e o deixado com Sílvia? Observo-o com mais atenção para ver se me teria equivocado. Não, só pode ser o carro de Sibila. Tenho certeza absoluta.

É que quando sai à noite sozinha, Sibila enche o carro de pessoas. Tem medo de que algum mal-intencionado tente assaltá-la e simula uma multidão dentro do seu carro para se sentir mais segura. Para tanto, adota a companhia duvidosa de uma penca de bonecas infláveis. Sílvia sempre reclama que tem de se espremer entre elas quando pega carona com Sibila. Diga-se de passagem que, com suas curvas generosas, as bonecas ocupam bastante espaço.

São quatro. Horácio as batizou de Inflávia, Plastrícia, Estelatex e Sexcília. As quatro graças pornográficas são lendárias entre os boêmios da cidade. Nunca tive a oportunidade de vê-las de perto. Aproveito o anonimato da madrugada e aproximo-me do carro com esse intuito. São as próprias, louras e morenas, contorcidas nas posições mais improváveis, com roupas escassas, decotes indecorosos e expressões voluptuosas. Perscruto-as através das janelas. Elas me fitam sem pestanejar, as bocas abertas em um "o" de espanto. Faço mil gracinhas para chamar-lhes a atenção e encetar um diálogo. Elas, por seu turno, continuam a me fitar sem pestanejar, com suas bocas abertas em "o"; formam um coro degenerado.

Uma sucessão de besteiras atravessa o meu cérebro. Qual será qual? A Inflávia aposto que é um estoiro, e a Sexcília, uma bomba! O que será que Sibila faz com elas nas horas vagas? Hehehe, jamais imaginei que Sibila fosse dessas! E além do mais, bem eclética, bonecas pra todo gosto... Já diziam os romanos, *quot homines, tot sententiae*, o que traduzo grosseira e livremente como cada qual com suas fantasias. Deixo de lado esses pensamentos chãos, por um instante, e meu coração palpita. Não, ingênuo leitor, não se trata de paixão recolhida por Sexcília. É antes uma preocupação. A real pergunta é o que faz o carro de Sibila em frente à nossa casa tão tarde da noite?

# XXIV.

## *Desta vez, um diálogo com a porta, à moda de Catulo*

FAZIA EU a sesta indolente do verão, empanturrado de sementinhas, dobrando as minhas penas verdes ao sol tépido, quando sussurros serpentearam até o meu ouvido. As palavras sibiladas e ríspidas pareciam vir de um dos quartos, lugar em que provavelmente cuidavam das coisas sérias da vida. Pareceu-me que se tratava de meu senhor e de Sílvia. Aproximei-me do quarto para me inteirar do assunto que assim os dividia, mas encontrei a porta que dava para ele resolutamente trancada. Era uma porta sólida, de jacarandá maciço, de belo talho. Coloquei-me, então, a cortejá-la:

— Porta, portinha querida, por que não se abre, uma fresta que seja, para que o velho papagaio aqui conheça o motivo da discórdia?

— Não. O fim de uma porta é justamente manter-se fiel ao comando daquele que a toma pela maçaneta e estica a lingueta de sua fechadura num girar da chave — disse a porta, quase dogmática. A mim ocorreu então dobrá-la ao meu suplício pela lisonja.

— Porta, nobre porta, como é reta, como é honesta. Como são bonitos os veios, o matiz, o grão de sua madeira. Compreendo os seus cuidados. Em sua posição, seria igualmente cioso. Não sou movido, porém, pela curiosidade comezinha dos bisbilhoteiros. É pelo zelo por nossos queridos senhores, que quero tão bem, tanto quanto você, ó bela e graciosa porta, e que me parecem precisar de um conselheiro.

— Não, não posso — respondeu impassível —, senão alguém haverá de repetir com malícia esses desentendimentos, e nossos senhores, ante a intriga, clamarão, "porta, a culpa é sua!"

— Portinha querida, conte então para os meus ouvidos somente o que motiva tanta virulência da parte de nossos caros senhores. Você, tão sábia, que tanto conhece dos segredos desta casa, compartilhe sua ciência com este velho papagaio, que, bem sabe, é motivado pelas melhores intenções.

— Não é bem assim. Apesar de sua gentileza não passo de uma porta bruta. Presa neste marco de madeira, consolo-me com abrir e fechar, abrir e fechar, abrir e fechar, girando silenciosamente em torno das minhas dobradiças. São esses os movimentos que conformam-me a vida.

— Como é dura consigo mesma, portinha, pois lhe garanto que nesta casa supera tudo quanto há em erudição e retidão.

— Só diz isso porque quer me conhecer os segredos. Conheço bem a opinião do mundo: a porta, além de quadrada e bruta, é epíteto de estupidez. Se querem diminuir a inteligência de alguém, dizem dele que é uma porta! Infeliz metonímia!

— Que injustiça! Dizer semelhantes coisas da porta, tão fiel e discreta, a guardar todos os segredos da casa. Pois digo, jamais conheci tamanha ingratidão! — protestei contra a opinião do mundo.

— Pois achegue-se, papagaio, e lhe digo em um sopro a síntese do motivo de tamanha inquietação — murmurou a porta.

— Decerto, decerto. Não se preocupe, serei um túmulo. Nem o meu caro diário terá conhecimento das coisas que me revelar. — E pousei-me em sua maçaneta ornada, mal contendo a minha papagaica curiosidade.

— O senhor Horácio chegou de um congresso, hoje pela manhã. Chegou mais cedo que o previsto. Afagou-me a maçaneta, como de costume e entrou alegre no quarto, assobiando desafinado um jingle qualquer, ao ritmo do qual agitava suas chaves. Isso às 6 horas da manhã, tendo o dia mal amanhecido.

— Sei, continue por favor — disse, para encorajar a porta que parecia hesitar em suas confidências.

— Paralisou-se, de súbito espantado, assim que seus olhos, tendo-se acostumado com a penumbra, vislumbraram o que acontecia.

— Não pare, distinta porta, siga no relato dos fatos que se deram nesse quarto ao seu abrigo! — insisti.

— Acontece que lá estava a Sibila deitada com Sílvia, ambas nuas, na cama, no leito ou no tálamo, como ele prefere dizer. Sibila atravessara o meu portal ainda na véspera com as suas manias habituais, mais que conhecidas de todos. E Sílvia, a bela e deleitável Sílvia, rendera-se aos dedos vorazes de Sibila, cujos usos nos prazeres ninguém jamais imaginara.

— Sílvia e Sibila entregues às delícias inefáveis da cama... Assombroso! — ponderei surpreso.

— E lhe digo mais, papagaio amigo, não foi a primeira, nem a segunda, nem a terceira vez. Sibila já visitou Sílvia uma miríade de vezes, não para discutir literatura ou poesia, mas sim para dedicar-se aos amores! — afirmou a porta infrangível.

— Estou estupefato, nobre porta... — foi tudo o que pude dizer.

— Sibila vestiu qualquer coisa e partiu batendo-me com um estrondo que reverberou em minhas fibras mais íntimas.

— Que cruel! Que história terrível!

— Mas não vá repetir por aí essas coisas ditas em confidência, papagaio. Seja forte! Se vazar essa história infeliz, eu nada poderei fazer, pois a mim jamais é permitido afastar do limiar deste quarto — suplicou-me a porta discreta.

— Claro, claro, não se preocupe — respondi, pensando nas delícias das visitas secretas de Sibila à nossa casa. Como ouvi passos, parti em um alvoroço, pousando no pau-ferro com vista para o quarto.

Primeiro saiu o meu senhor, vermelho e esbaforido. Passados alguns minutos, foi a vez de Sílvia, puxando atrás de si duas malas enormes, cor de uva, com rodinhas que riscavam a grama, materializando-se, em nosso jardim, traço residual de sua partida e de nossa tristeza.

# XXV.

## *Mais um pouco de filosofia de alpiste*

ULTIMAMENTE ANDO meio meditabundo. Tenho pensado muito em coisas graves e importantes, como a vida, o universo, a sociedade, o prazer, o belo, o tempo, o ser, o espaço, a alma, o espírito, o papagaio. Nas tardes ensolaradas, fico na varanda ciscando, quero dizer cismando. Elaboro constructos intelectuais de sólida fundamentação teórica, desde diáfanos palácios metafísicos até aterradas choupanas meteorológicas. Aprazem-me especialmente as meditações acerca da composição do ninho. Tenho de confessar que encontro um prazer inaudito nessas elucubrações teóricas...

— Alto lá, Louro! Isso me parece bastante familiar.

— E qual o problema?

— O problema é que é praticamente a mesma coisa que escreveu no capítulo VIII. Acha que somos bobos?

— Mas vocês não adoram dizer que papagaio só sabe repetir? Achei que seria apropriado ceder aos meus impulsos repetitivos. Um romance de um papagaio sem repetição provavelmente não atenderia aos anseios estéticos ou às expectativas literárias, não menos que psitacídeas, do leitor.

— Quanta abobrinha, aposto que com isso só quer ganhar algumas páginas.

— Hum! Acho que vocês são incapazes de apreciar a natureza salutar da repetição. Querem, sem a menor cerimônia, com um piparote, desmontar todo o edifício da minha douta filosofia de alpiste — é só o que me resta dizer ante a incompreensão com que topa meu gênio papagaial.

— Deixe de gracinhas, Louro...

# XXVI

## *Filosofia de alpiste iterada*

CONTINUO MEIO meditabundo. Nas noites estreladas, fico no jardim ciscando, quero dizer, cismando. Tenho de confessar que encontro um prazer inaudito nessas elucubrações teóricas. Penso as coisas mais profundas e filosóficas que já pensou o cérebro de um papagaio...

— De novo, Louro?!

— Ora, expliquei, atendendo à expectativa daqueles que acreditam que papagaio só sabe repetir, outra volta...

— Porra, este livro não tem editor, Louro?

— Tem, mas o editor é também papagaio e fomos ambos acometidos pela estranha e misteriosa enfermidade de palinfrasia.

— Feche o bico, Louro! — protesta o leitor, fatigado com minha filosofia de alpiste.

# XXVII.

## *A carta de Sílvia*

ACHO QUE, nos últimos dois capítulos, estava em estado de choque. Traumatizado pelo rumo que os fatos tomaram, só conseguia repetir as abobrinhas antanhas para não pensar no que se sucedera. É natural ceder às tendências escapistas em momentos como este. Mas agora me é mister voltar à rotina, retomar as tarefas, os cuidados e a escrita.

Ainda estarrecido pelo que se passou, reviso minuciosamente a memória procurando sinais que indiquem o que se estava armando. Estão lá, percebo-os mais que claros em retrospecto. Os mil cuidados de Sibila, os silêncios e as ausências de Sílvia, a desconfiança de Celina, a altivez de Laurinha. Mas esses fatos, que revelavam o que se passava, permaneceram ofuscados por episódio de menor importância no momento mesmo em que se davam. A verdade tem disso, só se nos manifesta claramente quando voltamos o olhar para trás.

Esses pensamentos e mil lembranças se projetam em meu cérebro aturdido quando me dou conta de que há uma folha de papel enrolada à volta do meu poleiro. Com o bico afiado parto o barbante reluzente e prateado que ali fixa o papel casca de ovo. Consigo, com certa dificuldade, desenrolá-lo e conhecer o seu conteúdo. Encontro a grafia corrida e aranhada que já me é muito conhecida. Cosme se irrita com meus movimentos meticulosos. Suspeita que há lebre ali. Não é inteiramente tapado. Voo para uma quaresmeira onde posso ler com privacidade o conteúdo da epístola. Aqui a transcrevo em benefício da compreensão do leitor amável.

*Belo Horizonte, X de abril de 20XX*

*Louro, querido,*

*que insólito é sentar-me à escrivaninha onde passamos juntos tantas manhãs lendo e tagarelando para escrever uma carta de conteúdo assaz grave. Descanso os olhos por uns instantes na copa do nosso jacarandá-mimoso, como fiz tantas outras vezes, para recolher meus pensamentos antes de deitá-los à folha. Está em flor, sentirei muito a falta do matiz azulado de sua florada. A verdade é que o hábito é uma segunda natureza. Habituei-me à presença silenciosa do jacarandá como se fosse uma pessoa; pelo hábito também, um papagaio tornou-se meu confidente preferido.*

*Estou pronta. Te escreverei tudo o que me passa no coração, fatos que serão novidades para ti, imagino. Mais ou menos dia, chegará a hora em que terei de partir de nossa casa, Louro. As gêmeas já suspeitam. Parece-me. Pelo menos andam tão reticentes comigo, muito mais que de costume. Cosme, que é a testemunha insuspeita de tudo o que está acontecendo, sofrerá muitíssimo com a minha partida. Acho que há de ser o mais penalizado com essa história, é muito apegado a mim, pobrezinho. Não sejas indiferente a seus sofrimentos, Louro.*

*Pois bem, quero te escrever sem voltejos, mas se interpõe entre mim e a folha uma timidez residual. Vejamos... Nes-*

ses últimos tempos, Sibila tornou-se mais que minha editora. Deixando de lado os eufemismos convolutos que brotam às centenas na minha língua, encontrei no afeto dela a expressão de um amor tênue que pouco a pouco tem me envolvido. Sem que me desse conta, passei a corresponder a esse afeto, sobrepujando-me um sentimento delicado e brando que me era estranho nas lidas dos amores. Vem atenuando a minha percepção dos fatos e das pessoas e enriquecendo o meu léxico sentimental. É para mim, sem exagero, uma nova ordem de sentimento amoroso que começa a reorientar todas as minhas ações. Embora possa te parecer ingênuo, é como se amasse pela primeira vez, com todos os sobressaltos e a fúria de um primeiro amor.

Quero muito a Horácio e às meninas. Mais do que podes imaginar. Mas o afeto que sinto vem-me tomando de tal maneira que não se me apresentam alternativas. É inevitável que os deixe, ao menos por um tempo. Esse ato inconsequente não será bem-recebido em parte alguma, bem o sei. Vou me fazer objeto de todas as censuras. Meus amores não terão trégua, hão de ser distorcidos e corrompidos por toda sorte de intriga. Terei de me submeter aos olhares mais indiscretos, bem o sei. Mas o conhecimento das consequências de tal escolha não me demove do firme propósito de ceder aos sentimentos que ora me dominam. Como já disse um filósofo que me é tão caro, a razão só pode ser a escrava das paixões.

Com essa firme convicção, Louro, me despeço. Sentirei tua falta. Quem me há de repetir tantas abobrinhas na nova casa? Com quem me sentirei tão à vontade para experimentar as primeiras versões dos meus versos? Quem me há de fazer cantadas tão dissolutas, indecorosas e fesceninas quanto as tuas quando me sentar ao toucador de agora em diante?

*Não me censures, por favor, querido Louro. Cuida bem das meninas e de Horácio e do pequenito Cosme. Espero rever-te em breve, quando a poeira assentar.*

*Tua,*

*Sílvia.*

# XXVIII.

## *Pombo-correio*

A CARTA DE Sílvia provocou-me profundo espanto. Fiquei um tanto aturdido sem saber o que fazer com ela. A voz da consciência logo se desdobrou em duas: "uma carta como esta merece uma resposta"; "mas respondê-la não será o mesmo que trair o velho e querido Horácio?"; "pelo contrário, podes por meio da carta lembrá-la das coisas que está deixando para trás e operar alguma mudança em sua resolução de nos deixar"; "quanta tolice, conheço Sílvia, há de tomar a carta como sinal de que te colocas do lado dela"; "mas, quando alguém te abre o coração, tu deves agir de maneira a merecer a confiança que em ti é depositada". E por assim foi durante longo intervalo de tempo, eu saltitando de um lado para o outro, segundo o rumor diafônico, sem saber para qual me inclinar definitivamente.

Acabei me decidindo por Sílvia. Achei melhor responder-lhe a carta, mas sem dizer muito, dada a delicadeza da situação em nossa casa. Enviei há pouco por um pombo--correio que já anda meio caduco, me pergunto se Sílvia a receberá ou não. Transcrevo minha resposta sem mais delongas. O leitor pode ficar tranquilo, é a última, este não vai virar um romance epistolar.

*Respostas a S.*

*Belo Horizonte X+1 de abril de 20XX*

*Minha querida Sílvia,*

*confesso que mal pude acreditar em meus olhos ao ler a sua carta. O que foi que você viu na sargenta, rainha de espadas? O coração deve ter mesmo razões que a própria razão desconhece... Espero que você volte logo para nossa casa. Estamos todos chateados e nada que fazemos tem a mesma graça. Acho que a poeira vai demorar a assentar.*

*Enquanto isso, farei o que posso para cuidar dos seus. Olhe que não é pouca coisa, o seu pequenito não faz outra coisa senão uivar tristemente e o Horácio é uma sombra de homem.*

*Aquele abraço,*

*Louro.*

# XXIX.

## *A misteriosa chave da fita azul*

Leitor, sinto dizer que, no último capítulo, menti. Infelizmente, tenho agora de confessar que aquela não foi a última carta reproduzida nestas memórias, memórias aliás de forma e temas tão desiguais e irregulares. Antes que me caia em cima, gostaria de ponderar algo: apesar de me ver obrigado a fazê-lo sofrer mais duas cartas, garanto que o livro não se tornará epistolar. Também não sei o que tem contra romances epistolares. Pessoalmente, acho-os deliciosos, pois dão-nos acesso a sentimentos e motivações, encobertos, revelando matizes incógnitos da alma, permitindo que decifremos os mistérios da natureza. As cartas concedem, por assim dizer, um raro acesso ao interior, que nem sempre, ou melhor, quase nunca está estampado no exterior.

Não quero eludir a questão, porém. É feio mentir, bem sei. Deve ser um dos pecados capitais. Imagino que, doravante, nunca mais vai dar crédito a uma palavra minha sequer. Que dirá para todos os ventos que o Louro é um mentiroso e sem-vergonha, dissimulado, trapaceiro, hipócrita, fingido. Que alertará todos contra minhas palavras traiçoeiras. Mas, em minha defesa, posso assegurar que menti sem saber que mentia. Palavra de papagaio! O futuro, o mais das vezes, nos escapa.

Há, com efeito, algo de imponderável no destino. O leitor dificilmente adivinhará a estranha sucessão de fatos que, por acaso, desvelou a estes velhos olhos de papagaio as cartas que aqui reproduzirei. Pois bem, vamos aos fatos. Hoje cedo visitei o escritório de Sílvia com um fim prosaico e outro, inconfesso. Segundo mantive, ia ali para matar um pouco das saudades que sentia dela. Mas aquela visita era, na verdade, ditada pelo oco do meu estômago. Lembravam-me algumas amêndoas que minha senhora havia ganhado pouco antes de nos deixar.

Senti o cheiro inebriante de amêndoas vindo da escrivaninha sobre a qual Sílvia escrevera tantas rimas. Vasculhei-a o mais que pude sem sucesso. Estava ainda como no dia da partida, um filme de poeira depositando-se sobre os trabalhos não terminados nela esquecidos. Percorri toda a sua superfície. Abri gaveta por gaveta. Examinei o escaninho em que guardava a correspondência. Abri o estojo para ver se, por um estranho capricho, as escondera entre as canetas. Varri com minhas asas compartimento por compartimento. Deitei-me a vasculhar o *pigeonhole*. Desci para ver se por acaso o pacotinho não tinha caído no chão atrás da escrivaninha. Em um ato de desespero, até mesmo enfiei a cabeça dentro do porta-lápis. E nada!

Após uma busca tão meticulosa, já me dava por vencido. Sílvia, gulosa que era, provavelmente comera todas as amêndoas sozinha. Cansado e faminto, pousei na pequena garra metálica pela qual se puxava uma de suas gavetas na lateral esquerda. Qual não foi a minha surpresa, porém, quando a garra cedeu ao meu peso. Quase caí em um abismo, mas minhas asas expeditas me salvaram. Descobri que se tratava de uma alavanca que revelava um compartimento secreto da escrivaninha. No pequeno côncavo, antes oculto, não encontrei as amêndoas, para minha grande decepção.

Lá estava, contudo, uma chavezinha amarrada em um pedaço de fita de cetim azul. Era pequena e mimosa, cheia de volutas que desenhavam uma flor-de-lis. O que queria dizer aquela flor? Havia nela algo de feminino e proibitivo. Apesar da exígua luz que alcançava o compartimento secreto, a chave reluzia. Era de um prateado estelar, que fazia um bonito contraste com a fita azul. Tive a impressão de que dela emanava uma luminosidade pálida. Supus comigo que teria sido muito manuseada antes de ser escondida ali. Assustado com o compartimento que se me abria de maneira tão fortuita, surrupiei a chave e voei para o jardim.

Descobri-me, então, em uma curiosa situação. Em geral, as pessoas se encontram de posse de um tesouro ou de um diário sem que disponham da chave com a qual lhe alcançar o acesso. Eu tinha a chave sem saber que segredos me poderia desvendar. Fiquei muito tempo matutando, em um galho da quaresmeira, sobre que tesouros aquela chave guardava. Suspeitava que deveria ser uma miríade de amêndoas, castanhas-de-caju, nozes, pistaches, pecãs, castanhas-do-pará... Ou pelo menos é o que gostaria de acreditar. Experimentei-a em uma meia dúzia de fechaduras e cadeados de maneira aleatória (certamente, antes de qualquer outra coisa, testei-a na porta da despensa da cozinha) sem êxito.

Estava, desse modo, um tanto aborrecido com o mistério da chave prateada da fita azul. À frustração do enigma não resolvido, somava-se o desejo não realizado de comer as tenras amêndoas. Teria Sílvia devorado todas mesmo, sem deixar sequer umazinha para o pobre Louro? Quanta injustiça, quanta injustiça! Umas amêndoas tão branquinhas, tão lisas, tão deliciosas, tão suculentas. Como já dizia minha avó, em toda sua sabedoria, *papagaio teme maleitas, porque não lhe dão amêndoas confeitas.*

Com a mente aturdida por esses pensamentos e todas as variantes imagináveis, estava eu emburrado na varanda. Monomaníaco, imaginava chuvas de amêndoas, rios de amêndoas, amêndoas confeitadas a brotar inexplicavelmente nos galhos da quaresmeira. Amêndoas a transbordar dos bolsos de Horácio, amêndoas a preencher as merendeiras das gêmeas. Amêndoas a pulular no cobertorzinho de Cosme. Amêndoas faceiras a rodopiar em piruetas em meio ao ar, intangíveis, fazendo mofa de minha fome.

No entanto, tudo começou a assumir um novo aspecto há uma meia hora. Vi uma aglomeração de pardais voejando em torno do nosso jacarandá-mimoso. Deve ser comida, logo imaginei. Depois de ponderar um pouco fui ter com eles. Bom, vou deixar de blá-blá-blá e passar aos fatos. É que acabo de encontrar, no oco do jacarandá mimoso, uma pequena caixa de madeira, na qual está estampado um par de flores-de-lis idênticas àquela na pega da chave.

Ao encaixar a chave elusiva no cadeado que fechava a caixa, a lingueta deslizou macia e prontamente. Com igual facilidade, a tampa girou sobre as dobradiças, revelando um pequeno maço de cartas escritas em papel de arroz quase transparente. Pelas grafias, sem mesmo conferir os nomes, adivinhei serem cartas trocadas entre Sílvia e Sibila. Acomodei-me no oco e comecei a ler a correspondência. Logo estava tão entretido que me esqueci das amêndoas. As primeiras eram cartas de trabalho sobre a poesia de Sílvia; nelas, porém, já se insinuavam sentimentos de outra ordem. O tom foi-se transformando com o tempo. Reproduzo aqui umas duas cartas de amor em que transparece um pouco das almas amorosas.

Belo Horizonte, X de janeiro de 20XX

*Sibila sibilina,*

*confesso que não consegui fazer muito sentido das sílabas sibiladas em tua última carta. Precisas realmente dizer sempre as coisas mais simples e boas por enigmas? Não somos todos haríolos. Eu mesma custo a adivinhar algum sentido em tuas palavras cifradas.*

*Suponho que me ames, por mencionares rosas, pombas, leitos e outras coisas mais. Preciso, porém, conhecer os teus sentimentos de maneira menos oblíqua. Sou avessa aos amores inconfessos. Eu tenho te falado tão francamente do meu afeto... Desse jeito, parece que sofro em vão. As meninas têm razão, deves mesmo ter um cubo de gelo no lugar do teu coração.*

*Tua,*

*Sílvia.*

Belo Horizonte, X+2 de janeiro de 20XX

*Florbela, querida,*

*está sempre impaciente e inquieta, exigindo, qual uma criança mimada, que todos atendam aos seus desejos. Há de entender que o sentimento de fatalidade que se imiscui a todos os meus afetos, faz-me hesitar naturalmente. Não quero comunicar ao objeto do meu amor o meu triste fado. Não tenha dúvida, quero consigo experimentar todas as delícias amorosas. Pronto, o disse. Tem-se por satisfeita?*

*Sua,*

*Sibila.*

# XXX.

## *Wasteland*

NA ÚLTIMA semana, os dias que sucederam à partida de Sílvia foram longos e tristes. A casa parecia a todos nós estranhamente vazia. As gêmeas, mais do que nunca, pareciam pisar em falso, sussurrando entre si pelas sombras. Avivara-se a sensação que sempre tiveram de que a presença de crianças naquela casa era um pouco inconveniente. Cosme deitava-se amuado no sofá onde Sílvia costumava ler; choramingava, mas ninguém se ocupava de consolá-lo. Um vago sentimento de remorso e nostalgia parecia ir-se espalhando por cada cômodo, depositando-se nos rodapés, enfronhando-se entre os travesseiros, concentrando-se pelos cantos, matizando as dobras das cortinas, acumulando-se sobre os livros nas estantes, qual a poeira mais tênue do inverno.

Horácio, como se pode imaginar, estava arrasado. Faltava-lhe ânimo para sair do quarto. Vestia o mesmo pijama desde o dia em que se dera o incidente. Sua dieta se resumia ao leite tépido e às bolachas que Celina levava até ele no quarto. Passava as horas dormindo ou fitando o teto, cujas manchas e rachaduras agora já conhece de cor e salteado. Nem mesmo aos livros, que lhe são tão caros, deitou um só olhar. Há momentos, leitor querido, que a vida sobrepuja mesmo a literatura, lançando-nos em um turbilhão de sentimentos e paixões para os quais não há remédio.

Como um enfermo, recebia visitas diárias de todos nós. Eu chegava à janela, cantava um pouquinho. Horácio sequer franzia o cenho. Temia sempre que estivesse morto ou desacordado. Repetia o nome dele inúmeras vezes até que esboçasse alguma reação. Começava baixinho, mas Horácio continuava tão inerte que minha alma não podia descansar; logo, logo estava esgoelando. "Horácio... Horáacio... Horáacio... Horáaacio... HORÁAAACIO." Exasperado com a balbúrdia, Horácio cobria a cabeça com um travesseiro amassado, e eu suspirava aliviado e voava de volta para o meu poleiro.

Cosme visitava-o algumas vezes por dia. Levava-lhe a bolinha de tênis. Vendo que esta não surtia efeito, buscava o leãozinho. Nada. Era então a vez do porco-espinho de borracha laranja-fosforescente. Nem mesmo o porco-espinho predileto alegrava Horácio. Enfiava o focinho debaixo da mão do professor tentando empurrá-la para que se dignasse a jogar a bolinha. Nada. Aninhava-se junto do senhor. Nada. Trazia aos bocadinhos a ração para comer ali. O professor sequer se incomodava com os farelos de ração que cobriam a cama. Como último recurso, Cosme buscava seu cobertorzinho estampado para ao menos contribuir com algum conforto.

Às gêmeas Horácio dispensava um pouco mais de atenção. Com um movimento pusilânime, tentava escorar-se nos travesseiros. Afinal, provavelmente também sentiam a perda da mãe. Quando insistiam para que comesse algo, corria os dedos trêmulos pelos seus cachos. Comia algumas migalhas e bebia um pouco de chá ou leite. Por um sentimento de obrigação, elas se revezavam tagarelando sobre trivialidades, contando como fora o dia na escola, reclamando das artes do Cosme. Se não respondia nada, Horácio ao menos dispunha a boca em um sorriso pálido e pouco convincente.

Hoje, há pouco, percebi uma certa movimentação em seu quarto. Instalo-me logo no peitoril da janela para cuidar que nada aconteça a Horácio nesta hora de desespero. Já está vestido e, recuperando um pouco da sua dignidade, escova os dentes com movimentos lentos e desanimados. Mal me contenho ante esses primeiros sinais de sua recuperação. Deixo de lado os meus recém-adquiridos ares de intelectual e canto o "Parabéns" três vezes, sem parar, para alegrar-lhe o coração. Um lampejo parece iluminar o rosto abatido do meu querido senhor.

— Louro, Louro... Como vamos fazer doravante? — Horácio solta um suspiro tão profundo que lhe foge metade da alma.

— Vamos nos entregar às delícias — sugiro-lhe e começo a recitar trechos picantes dos *Amores* de Ovídio.

— Agora não, Louro, por favor. Traduzimos juntos os *Amores*, quando éramos ainda namorados. Como tudo o mais, me lembram dela... — Afunda em sua poltrona puída de tantas horas de leitura.

— Vamos então reler a *Peregrinação* de Fernão Mendes Pinto? Tenho uma ligeira lembrança de que há nela alguns papagaios que poderiam servir para os meus exercícios literários. Fora isso, são tão longas que vão nos ocupar dias e dias! — sugiro um tanto interesseiramente.

— Oh, não fale em Fernão Mendes Pinto! Por um daqueles seus caprichos que você bem conhece, Sílvia o detestava, abominava, execrava! — agita-se Horácio.

— Bom, vamos então ao zoológico? — sugiro já supondo que, por uma conjunção qualquer entre Júpiter, Netuno e Vênus, o zoológico o faz pensar em Sílvia. Para minha surpresa, porém, Horácio parece aceitar a sugestão de bom grado.

— Boa ideia, Louro. Ver as preguiças sempre acalmou os meus ânimos. Vamos lá! Talvez as meninas até topem nos acompanhar... — Meu senhor sai pela casa à procura delas para lhes fazer o convite.

Juntos, pai e filhas preparam uns sanduíches e uma limonada que colocam em pequenas garrafas térmicas. Os três vestem uns chapéus anacrônicos de pescador e estão prontos para partir.

# XXXI.

## *Em que Louro conhece papagaios democritianos no zoológico e Horácio trava contato de primeiro grau com a preguiça*

O SOL ESTÁ quente. Estamos todos empapados com os restos dos picolés de coco que chupamos para nos refrescar. Já estivemos com os animais mais ilustres, como o elefante, as girafas e os hipopótamos. Naturalmente, fugi do leão. O calor nos deixa em um estado tal de torpor que não conseguimos nos decidir a partir. Dominados pela inércia, nos dispersamos pelo parque. Deixo Horácio sentadinho, contemplando as preguiças. As meninas já debandaram há alguns minutos, informando-nos que as procurassem no borboletário. Não sei se a escolha pelo borboletário teria sido motivada por uma real inclinação pela entomologia ou se pela apreciação da oportunidade de se sentarem à sombra.

Aproveito a ida ao zoológico, a primeira que faço em muito tempo, para visitar uns primos que, segundo soube, estão lá hospedados. Essa visita de família foi-me recomendada por uma velha tia já há alguns meses e não posso adiá--la. Vou, então, para a parte do zoológico dedicada às aves brasileiras e lá encontro os meus três primos empoleirados em viveiro que simula o exotismo da selva. Descansam as penas à sombra. Tento puxar um fio de conversa com eles:

— Qual é o ar de vossas graças? — Por que o falar meio empolado? Quero causar-lhes boa impressão do nosso ramo da família, ora bolas.

Os três cruzam olhares e põem-se a gargalhar. Cacacaacacaca, cacacaacacaca, cacacaacacaca. Quando cansados enfim calam-se por um instante, faço uma nova investida:

— Queridos, não riam, sou seu primo, Louro, da estirpe da preclara Nhenhenhem, cuja família habita estas terras desde os tempos de Caminha! — digo a eles com um ar triunfante —, segundo titia...

O coro de risos reinicia e vai em um crescendo até abafar completamente as minhas tentativas de convivialidade. Cacacacacacacacaca, cacacacacacacacacacaca, cacacacacacacacacacaca. As pessoas à nossa volta põem-se a rir com os meus primos, hehehehehe, hihihihihihihihi. As estridentes gargalhadas, me parece, ressoam por todo o zoológico. Mas papagaio brasileiro que sou, nunca desisto:

— Vosmecês se lembram daquela nossa garrida prima, Papaguena? Aquela por quem todos se apaixonavam nas reuniões de família? Pois lhe sucedeu uma tragédia terrível. Comeu-a um gato vagabundo, só encontraram dela algumas verdes penas. Era tão linda... — digo num tom triste, com a esperança de que se comovam com esta notícia fúnebre e recuperem a sanidade. Quem sabe consigo, assim, dissuadi-los desse riso mentecapto? Mas meus primos são democritianos, antes que heraclitianos: saem-lhes as gargalhadas no lugar das lágrimas. Pranteiam o mundo aos risos. Cacacacacacacacaca, cacacacacacacacacacaca, cacacacacacacacacacaca.

— Cof, cof — limpo a garganta, para chamá-los a si. — No princípio era o ovo, e o ovo estava no divino...

Cacacacacacacacacacacacacacaca. Hehehehehehehehehe. Hahahahahahaha, hihihihihih-hihihihihihihihihi. Teologia, ao que me parece, não lhes apetece. Quem sabe um pouco de poesia os há de sensibilizar? Cito os primeiros versos do proêmio das cosmogonias órficas:

— Primeiro surgiram o Abismo (ou Caos),

"a Noite profunda, o Érebo e o Tártaro.

"A Noite botou, então, um ovo fecundado

"por ventos. Do ovo estéril nasceu Eros,

"o amor, um ser bissexual com asas douradas

"e três cabeças de touro, leão e serpente."

Cacacacacacacacacacacacacacaca Hehehehehehehehehe. Hahahahahahaha, hihihihihih-hihihihihihihihihi. Talvez não apreciem a poesia muito solene de Orfeu. Em um derradeiro esforço, dou voz a uns versos mais sóbrios, do poeta dos poetas:

— Qual a geração de folhas,

"tal a geração dos papagaios..."

Mas meus primos seguem rindo ensandecidos. E tanto riem, que começo eu a rir igualmente até correrem lágrimas dos miúdos olhinhos. As pessoas à nossa volta também riem insensatamente. Como resposta, os três primos seguem em seu riso, cada vez mais alto. Enquanto a mim já fugiu o fôlego, meus primos não se cansam nunca de rir. Desse modo, riem sempre por último.

Todas as minhas pequenas pretensões de literato foram arrasadas pelos papagaios zombeteiros. *Castigat ridendo mores*, é o que diziam os antigos. Com efeito, é com o riso que os primos castigam minha moral e meus costumes, não menos que minhas vaidades.

Vou procurar Horácio, um pouco borocoxô. O golpe à minha autoestima faz-me simpatizar com o professor, que sofreu semelhantes provações nos últimos dias. Porém, encontro-o radiante:

— Louro, não sabe o que me passou. Estava aqui dialogando com as preguiças, quando chegou uma veterinária do zoológico com um grupo de crianças, incluindo Celina e Laura. Ela perguntou se havia algum voluntário para segurar a preguiça Iemanjá (é esse o seu nome) a quem nos queria apresentar. Eu, em um movimento involuntário e cândido, levantei a mão. Como dos voluntários que se apresentaram parecia ser o mais confiável (os outros tinham em média seis anos), fui o escolhido. Carreguei então a preguiça. Vi de perto as suas garras laqueadas, acompanhei comovido o moroso girar de sua cabeça, embeveci-me em seu olhar lento e lânguido. Acomodei-a com seus movimentos vagarosos. O contato com a preguiça foi como uma revelação sobre o fim último da vida: a ataraxia.

"Sobreveio-me um sentimento de absoluta tranquilidade. Esvaziou-se minha alma de todas as ambições comezinhas e ansiedades que tanto têm-me atormentado nos últimos dias. Experimentei uma quietude que jamais conhecera. Parecia que a preguiça ma comunicava com seus gestos lentos. Esvaíam-se todos os sentimentos de urgência e pressa, tinha mesmo a sensação de que testemunhava uma dilatação do tempo, percebendo uma infinidade de coisas com uma indolência incomparável.

"Veio-me, então, à memória um dos episódios mais pitorescos da vida de Pirro, o cético antigo. Relata-se que, em meio a uma tempestade no alto-mar, Pirro aconselhou os companheiros aflitos a imitarem os porquinhos da nau, que continuavam a comer no convés imperturbáveis. As preguiças do zoológico poderiam desempenhar em minha vida papel análogo ao dos porquinhos pirrônicos: tornavam-se exemplares de preguiça e moleza, cujo exemplo salutar de tranquilidade faria bem em seguir.

"Pouco a pouco, foi-se me afigurando uma filosofia da preguiça. Compreendi que o cultivo de uma disposição semelhantemente apática se revelaria como o remédio para todos os males da vida humana. Compreendi, ademais, que a indolência é virtude e não vício, pois favorece a serenidade de espírito. Comecei então a compor uma ode à preguiça:

"Ó preguiça, ó preguiça

"reina em nossas vidas!

"Ó preguiça, ó preguiça

"reina em nossas vidas...

"Porém, fiquei com preguiça de a concluir e ficou só com esses dois versos mesmo. Em resumo, Louro, acho que hoje começo um novo capítulo.

Horácio está tão enlevado pela experiência transcendente que teve com a preguiça que não o quero perturbar com a narrativa do meu encontro com os primos ensandecidos. Melhor é deixá-lo no estado de pachorra, depois de dias tão lúgubres. Sorrio à minha maneira.

— Ah, como foi divertido, Louro! As gêmeas, coitadas, morreram de vergonha. Fingiram que não me conheciam quando as chamei para fazer um cafuné na preguiça, as tolinhas. Aliás, cadê elas? — Horácio olha vagamente ao nosso redor.

— Elas estão ali à frente, Horácio, debaixo da jabuticabeira — digo.

— Meninas... Vamos? — Horácio grita de onde está. Elas fazem que sim com um gesto discreto, mas esperam um tempo para se levantar. Enfim, quando já nos encontramos vários metros à sua frente nos seguem, agindo como se não tivessem nenhuma relação com o pai e com seu papagaio.

# XXXII.

## Uma nota de melancolia

ESTE CAPÍTULO terá um tom de melancolia, em contraste com o capítulo anterior, em que prevaleceu descomedida galhofa, que, por sua vez, interrompeu a desolação do penúltimo capítulo. É que, como se sabe, a vida resulta da mistura de bens e males, assim distribuídos a partir de duas grandes ânforas. Jamais conheci alguém que experimentou só alegrias ao longo de toda a vida. Tampouco sei de alguém que tenha vivido uma vida inteiramente preenchida por desgraças.

Esse equilíbrio parece-me fazer parte de uma natural economia do universo. Afinal é razoável que, aos fatos que nos provoquem alegria, sucedam outros, não relacionados aos anteriores, que sejam causa de tristezas comparáveis. Semelhantemente, nos momentos mais difíceis da vida, não raro, acontecem coisas boas, inesperadas, que lançam um pouco de luz sobre circunstâncias que antes pareciam tão irremediáveis. A alternância dos estados de felicidade e tristeza permite que continuemos dia após dia, ao mesmo tempo em que acentua as diferenças dos dois aspectos da vida.

Isso dito, passemos à nota de melancolia. O fato triste que tenho de relatar é que, além de ser abandonado por Sílvia, Horácio parece ter sido também esquecido pela maior parte dos seus amigos. Os dias em nossa casa têm sido tristes e silenciosos. Ninguém vem nos visitar. Não sabemos das últimas fofocas. O nosso repertório de anedotas só tem minguado. O telefone toca raramente e quando toca é engano ou para Sílvia. Não há vivalma que nos distraia em nossa tristeza, estamos todos abandonados aos nossos próprios meios.

Nem mesmo os alunos têm perturbado Horácio, marcando as constantes reuniões ou pedindo que lhes leia os textos sofríveis. E olha que não chegaram ainda as férias. O seu orientando predileto partiu há uns meses para fazer um sanduíche em Bora Bora e não tivemos mais notícias. Decerto só quer saber da praia. O orientando de que menos gosta por lhe dar mais trabalho, até esse está sumido, desviando-se de Horácio pelos corredores periféricos da faculdade, porque lhe deve um capítulo que sequer começou, imagino.

Ante a suposta fiabilidade do testemunho dos sentidos, Enesidemo pondera que o pescoço do pombo revela diferentes colorações em suas curvas, a depender do ângulo, e a púrpura se mostra com diferentes cores ao sol, à lua e à luz de uma lâmpada. Ante a suposta fidelidade e constância dos amigos, eu, Louro, pondero que as opiniões oscilam na medida em que se alteram as fortunas.

As recentes desgraças que acometeram Horácio, deixando-o em tal estado de tristeza e melancolia, levam aqueles mesmos senhores que o tinham na mais alta consideração no passado e que frequentavam sua casa, comendo do seu pão e bebendo do seu vinho, a ignorá-lo agora. Mesmo as ideias parecem dele andar esquecidas. A filosofia da preguiça, que tanto o entusiasmou no último capítulo, e que o animou durante alguns dias, logo cedeu a um estado de letargia. Não há nisso nada que surpreenda, pois onde haveria de encontrar ânimo para agir em ideias tão fleumáticas? Horácio está, assim, macambúzio, abandonado ao silêncio dos empoeirados alfarrábios e aos ruídos do incessante palrear de um velho papagaio.

# XXXIII.

## *A curiosa febre dos curiós*

SINTO INFORMAR que em nossa casa já não reina o silêncio das semanas que se sucederam à partida de Sílvia. Há entre nós, por assim dizer, vida nova. Domingo passado, quando voltaram da casa de Sibila e Sílvia, as gêmeas trouxeram consigo umas grandes gaiolas, cheias de potinhos com mimos variados. Em cada uma das gaiolas estava um filhote de curió, com as bochechas vermelhas. Foi presente da madrasta, que lhes precisa ganhar os corações.

Os curiós são a última moda na cidade. Por toda parte, há gente levando-os para passear, nas praças, nos parques, nos pátios. O mais engraçado é a nova mania de levá-los para andar de bicicleta. Estou lá fazendo a sesta na varanda e zune uma bicicleta, com uma gaiola dependurada do guidom. Os ciclistas mais precavidos adaptaram cestinhas para carregar as gaiolas, circulando de maneira segura para os seus pássaros. As meninas já me explicaram que essa mania de levá-los para passear, andar de carro e de bicicleta é porque os curiós gostam de socializar. Confesso que acho até pitoresco, crianças, jovens e velhos andando de um lado para o outro com as gaiolas reluzentes, conversando indiferentemente entre si e com os pássaros.

Apesar da reticência que lhes é natural, pareceu-me que Celina e Laura adoraram os filhotes. Passam o dia a lhes satisfazer os caprichos. Enchem-nos de alpiste, colocam música para eles escutarem. Levam-nos para passear. Escutam atentamente o canto de cada um. Até pediram ao pai que pegasse um livro na biblioteca da universidade sobre curiós. Elas fazem, religiosamente, passeios vespertinos com eles para satisfazer-lhes os anseios pela variedade. Buscam, à sua maneira, aperfeiçoar-lhes o canto. Sonham em levá-los para concursos.

Horácio, pelo contrário, não se derreteu de amores pelos bichinhos, seja por terem sido presenteados por sua rival, seja pela balbúrdia que costumam fazer. Quando quer escutar a ópera, por exemplo, os curiós põem-se a cantar doidamente, emulando os agudos da *prima donna* e arruinando os prazeres operísticos do professor. Apreciam Puccini especialmente. Já aprenderam umas árias que repetem em trinados estridentes *ad nauseam*.

Agora, deram também para imitar os latidos de Cosme. Pregam-me cada susto, aproximam-se sorrateiramente e latem pelas minhas costas, como se estivesse Cosme prestes a me atacar. Quase me matam! Fazem-no com perfeição, provocando a ira e a inquietação de Cosme, que põe-se a latir desesperadamente ao escutar os ecos de sua voz. À réplica segue a tréplica, e por assim vai. Temos, pois, de aturar uma matilha de um galgo e dois curiós latindo, e não apenas os rompantes de um galgo solitário.

Tenho o projeto de os disciplinar, porém por ora não tenho progredido muito nesse propósito. Preciso primeiro de um nome pelo qual chamar cada um para dirigir-lhes a censura severa. Convoco as meninas.

— Celina, Laura, precisamos batizar esses arruaceiros. Não posso chamá-los eternamente de curió um e curió dois — clamo um pouco irritado.

— Não são arruaceiros, Louro, o que quer que isso seja. Deixe de ser ranzinza — diz Celina, passando a mão pela cabeça oca do curió que lhe pertence.

— É, Louro. Aposto que está com ciúmes — Laura apoia o protesto de Celina e põe-se a murmurar tolices reconfortando o seu curió, que logo começa a imitá-la.

— Mas que mal tem em colocarem-lhes nomes? As senhoritas estão muito suscetíveis, isso sim — insisto.

— Estamos pensando ainda sobre os nomes. Papai falou para os chamarmos de Procusto e Polifemo, mas achamos muito feios esses nomes. O que você sugere? — Celina faz os primeiros avanços para a trégua. Mas eu ainda não estou preparado para fazer as pazes.

— Que tal Néscio e Estultíssimo? — sugiro, malicioso. Apesar de seu vocabulário ainda restrito dos 7 anos, elas pressentem que há nessa sugestão alguma armadilha, alguma animosidade.

— Não, Louro. Deixe de ser chato. Pensamos, talvez, em Teodoro e Lucrécio — diz Laurinha com seu ar pueril.

— Não são meio bobos esses nomes? — respondo com toda sinceridade.

— Não!! — gritam em coro. — Hão de ser Lucrécio e Teodoro.

O meu protesto decidiu-lhes o nome.

# XXXIV.

## *Encômio à sabedoria de um papagaio de outrora*

OS CURIOZINHOS estão, pouco a pouco, conquistando o coração de todos em nossa casa. Interesseiros, cantam da forma mais doce e graciosa para ganhar afagos e guloseimas. Cosme não sai de seu lado e põe-se a uivar melancolicamente quando cantam, como se ouvisse os fados mais tristes deste mundo. As vidas de Celina e Laura passaram a girar em torno dos novos amigos, pensam neles todo o dia, nos passeios de que precisam, nos treinos musicais, nas comidinhas que os deixam felizes...

Mesmo Horácio já se rendeu. Todas as manhãs, separa bocadinhos de sua comida para dar a eles. Da maneira mais ridícula os chama:

— Dorinha, Lulu... Vovô trouxe uns agradinhos pra vocês. Vejam que delícia! Não vão cantar para mim? Cantem alguma coisinha qualquer... — E por aí vai.

O leitor deve estar estranhando o fato de Horácio chamar os curiós pelos nomes de Dora e Lulu. É que soubemos, na última semana, que os curiós são, na verdade, curiós fêmeas. Como já estávamos todos habituados aos nomes escolhidos pelas meninas, não teve jeito, continuaram a ser Teodora e Lucrécia, Dorinha e Lulu para os íntimos.

Bom, voltando ao assunto que importa, o fato é que ninguém se lembra mais de que há também um papagaio em nossa casa, cuja velhice e dedicação merecem semelhantes atenções, cuidados e mimos. Ninguém se lembra de guardar para este papagaio umas sementes de girassol, um punhado de pitangas, umas bolachas amanteigadas. Ninguém lhe pede que lhes dê o pé. Ninguém sequer o convida para um passeio vespertino quando sai com as curiozinhas arrivistas. Juro que é assim. Palavra de papagaio!

Meu estado de espírito tem, pois, gravitado em órbita cujo centro é a mais profunda melancolia e descrença. De que adianta servir tão bem a uma casa se os meus préstimos se esvanecem à luz dos trinados de uns filhotes impertinentes? Meditações assim soturnas têm tornado este tagarela em um taciturno que supõe ser o silêncio a melhor resposta a tamanha injustiça.

\* \* \*

Alvíssaras, caro leitor! Como sói acontecer, encontrei em minhas atuais leituras algo com que sabiamente aplacar a minha irritação com o estado das coisas em nossa casa. Estava lendo uns pedacinhos aqui e outros ali, quando topei, entre os *Contos Jataka*, com uma história sobre dois papagaios, que tomo a liberdade de aqui reproduzir.

Era uma vez dois papagaios, belos, inteligentes, ricos e talentosos que viviam voando pra lá e pra cá, em busca de sementes e novidades. Esses preclaros papagaios eram irmãos e tinham os nomes de Rada e Potapada. Por onde passavam eram conhecidos por sua incomparável virtude e beleza.

Em certa ocasião, brincavam nos jardins exuberantes de um palácio, quando caíram presas de uma armadilha engenhosa que fora armada para os pássaros que bicavam os frutos proibidos de suas árvores. Foram levados para o príncipe, que se encantou com sua beleza vivaz e alegria contagiante. Pediu que preparassem para os dois uma linda gaiola de ouro onde viveriam com conforto. E assim foi. Os papagaios passaram a ter uma vida invejável. Alimentavam-nos com os manjares mais finos e, na gaiola, deitavam-nos em ninhos de seda, os mais fofos imagináveis.

Os papagaios eram a graça do palácio, e todos lhes rendiam tributo. Não havia quem não admirasse suas penas variegadas e a sabedoria de suas palavras. Conta-se mesmo que sábios de outras partes viajavam vários dias para conhecer aquelas aves que iam adquirindo grande fama no reino. Rada e Potapada estavam muitíssimo contentes com a nova vida que levavam.

Até que, um dia, chegou ao palácio um macaco feio, posto que imenso, cujo nome era Kalabahu. Todos se espantaram com o porte de Kalabahu, que tinha proporções realmente fora do comum. Suponho que se tratasse de um gorila. Kalabahu tornou-se o centro de todas as atenções. Os hóspedes que porventura lá se encontrassem não deitavam um olhar sequer à gaiola dourada dos papagaios, fascinados com Kalabahu, que lhes parecia uma caricatura dos seres humanos. Com efeito, por encontrarem nele distorcido aquilo que acreditavam ser mais humano, o macaco era motivo da derrisão de quantos o conheciam.

Rada e Potapada foram paulatinamente se entristecendo com o abandono. Esquecidos, às vezes faltava aos nossos queridos papagaios mesmo o que comer em sua dourada gaiola. Potapada, sobretudo, sentia-se ressentido com todos da corte:

— Vamos partir daqui, meu irmão? Não nos querem mais...

— Potapada, meu caro, não fique assim tão triste. Atenção, elogio e censura, honra e desonra são aspectos passageiros da vida. Logo se esquecerão das palhaçadas do macaco e se lembrarão do nosso real valor. — Foi a resposta de Rada, mais sábio que o irmão.

E assim foi. Passado certo tempo, todos se cansaram das macaquices de Kalabahu. O gorila se comportava mal, fazia bagunça e, em certa ocasião, chegou mesmo a ofender o príncipe. Na medida em que o macaco caía no ostracismo, a corte começou a se lembrar dos papagaios, como antevira o sábio Rada. Os dois irmãos voltaram a se comprazer na atenção e nos carinhos de toda a corte. *Finis.*

Essa história me consola: com o tempo, hão de se cansar das gracinhas dos curiós e se lembrar deste velho e prestimoso papagaio. Horácio haverá de se cansar dos treinos musicais dos curiós, e voltar às leituras de poesia comigo. As gêmeas se lembrarão de que o papagaio vale-lhes mais que os curiós pois pode lhes ajudar com a aritmética. Sílvia e Sibila estenderão o convite de com elas passar o fim de semana à minha ilustre pessoa, de cujas gracinhas sem dúvida sentem falta. Mesmo o Cosme terá de reconhecer que em minhas palavras sábias encontra mais alimento para suas meditações que nos trinados estridentes da curió um e da curió dois.

Antes de encerrar o capítulo, só me resta esclarecer um detalhe. O ponderado papagaio Rada da história viria a ser Buda em uma de suas futuras encarnações, manifestando precocemente a sabedoria que teria expressão plena algumas vidas adiante. Faço de suas palavras o meu insuspeito bordão: elogio e censura, honra e desonra são aspectos passageiros da vida de um papagaio.

# À maneira de conclusão: em que se terminam as memórias com a invocação que deveria iniciá-las

O CANSAÇO VEM-ME tornando penoso escrever estas memórias e, há uns dias, resolvi submeter o meu rascunho à apreciação do professor. Acredito que, por suas risadas, meu senhor pôde se esquecer, por algumas horas, de seu infortúnio. Se bem que as partes que aludem a Sílvia devem tê-lo magoado. Ele foi um leitor infinitamente indulgente e, tendo corrigido umas colocações pronominais e outras coisas do gênero, fez-me somente uma sugestão mais séria.

— Louro, gostei de suas memórias. Estão muito bem para um livro de papagaio. Você tem humor, não se leva tão a sério, é uma grande virtude. Esqueceu-se, porém, da invocação às musas!

Ponderei muito antes de fazer a invocação e, por isso, se encontra no final. O motivo da minha inquietação é que suspeito que, por ter lido excessivamente os clássicos, meu senhor se descuidou da literatura moderna. Os livros escritos nos últimos tantos séculos que li, em geral, não têm invocação alguma. Ao contrário do que imagina o professor, para os autores de nossos dias, muito preocupados com o mercado ou com a possibilidade de transformar seus livros em filmes, a literatura deixou de ser uma dádiva dos deuses. Não é mais obra da inspiração, mas fruto da engenhosidade de seu autor. Dessa feita, não cabe qualquer alusão ao divino em se tratando de literatura contemporânea.

Depois de muito filosofar sobre essas e outras coisas, decidi-me por fazer uma concessão ao professor. Afinal, aprendi com ele a apreciar os clássicos e gostaria de acreditar, por cético que seja, que haja algo de divino em minhas memórias. Confesso que estados dubitativos e místicos se alternam em minha percepção do mundo. Além disso, não tenciono fazer fama ou fortuna com minhas memórias: satisfazem-me banhos de sol, um pouco de alpiste e água fresca, na companhia de amigos ou do professor. Às favas com as tendências da moda!

Se atendo à recomendação do professor de escrever uma invocação, fá-la-ei a quem bem quiser. As musas descabeladas podem, portanto, continuar tocando a lira em suas moradas no monte Hélicon.

— Pois, pois! Quanta presunção! — Já ouço o protesto do meu amigo tão erudito. — As musas não são suficientemente altaneiras para sua sumidade?

Ora bolas. Não é isso, professor. Não é isso, leitor. É só que, lendo sobre os ombros do Horácio um artigo de um seu colega, soube que as musas sabem mentir, só dizem a verdade quando o querem e eu, um singelo papagaio, posso facilmente cair em seus ardis. Faço, assim, uma invocação não às musas, mas às sereias. Antes que algum leitor se ponha a imaginar umas lambisgoias nuas, vaporosas, com longas madeixas e escamas de peixe, interrompo seus devaneios e veleidades. As minhas são sereias à moda clássica: cabeças de mulher, mas corpos de ave. São híbridas também, como muitos dos monstros literários. Meio humanas, meio aves, frequentam o céu e a terra, situam-se entre os deuses e os mortais.

— Você é um excêntrico, Louro! Onde já se viu... — resmungam os helenistas mais ortodoxos. A turba insana solta o seu saudável bocejo entediado. Considera toda essa questão meio sem propósito. Musas? Sereias? Mas isso não são memórias de um papagaio? Aliás, mal começaram e já terminaram? E a tão falada estrutura do romance? Vai mesmo ficar às moscas?

Posso explicar o meu capricho. Primeiro, segundo Homero, quais as musas, "as sereias cantam sem cessar o que foi, o que é e o que será" sobre a terra fecunda, com a vantagem que não mentem. Segundo, sendo um papagaio, sinto-me naturalmente mais confortável em me dirigir às divindades penadas. Afora isso, eu sou lá rouxinol para ficar cantando? A mim interessa tão somente falar, falar, falar. E nisso também as sereias me são afins, pois são seres gárrulos.

Tenho outra motivação sub-reptícia que hesito em revelar. Escrevo ou não escrevo? O que pensarão de mim? Será que rirão? Será que irritarei a paciência de todos mais uma vez? O que hei de fazer? Pois que saibam a verdade. O canto das sereias é também um encanto cujos efeitos sobre os mortais são bastante comentados na literatura.

Agrada-me a ideia de ter semelhantes poderes. Um elo entre as sereias e os leitores, espero guardar um pouco da natureza encantatória de seu canto. Que venham os supersticiosos com sal grosso e os dialéticos com seus argumentos sutilíssimos e insidiosos. Agora já é tarde. Espero tê-los dobrado, ao menos alguns, "com a língua maleável e as muitas histórias".

# Nota Final

Logo antes de encaminhar as memórias do Louro à gráfica, o seguinte capítulo apócrifo chegou à minha escrivaninha por meios obscuros. A carta que o acompanhava, cheia de erros de português (assinada por Lauro, ao invés de Louro, diga-se de passagem), afirmava que o autor tinha esquecido de acrescentar ao manuscrito este derradeiro capítulo, muito importante na economia da obra, "que tem, como objeto, algumas boas verdades".

Hesitei em incluí-lo, por vários motivos. O primeiro é que não restam dúvidas de que não se trata de obra do papagaio Louro. O próprio título, "um capítulo apócrifo", indica a natureza pseudoepigráfica desse apêndice à obra. De maneira sintomática, o autor incógnito emprega ora a primeira, ora a terceira pessoa do singular. Estudos de estilometria, melopeia, psicodramaturgia, grafologia, numerologia, morfologia comparada e, mesmo, matemática avançada parecem confirmar a hipótese de que este capítulo apócrifo é de fato apócrifo. Alguns elementos sugerem que talvez seja obra de Cosme, o galante, que, por mais fluente que seja em latim, parece não dominar os números romanos.

Em segundo lugar, o capítulo revela-se bastante irregular em vários sentidos. A começar pelos deslizes de estilo do presumido autor, que adota um tom meio pomposo e incendiário. À luz desse fato, não parece formar uma unidade com o resto das memórias. Os erros de português, inúmeros e rasteiros, também destoam do conjunto da prosa do papagaio, reforçando justificadas dúvidas quanto à qualidade literária das páginas ora em apreço.

Por fim, o recurso às teorias mais disparatadas, das quais se vale para aviltar as memórias de Louro, também nos pareceu fruto um tanto indigesto de sentimentos de invídia e zelotipia. Há um quê de démodé no apego dogmático à teoria da origem natural da linguagem. Ressalte-se, em especial, o conteúdo absurdo e pseudocientífico da falsa etimologia, sobre a qual paira todo o argumento pelo qual o autor conta depreciar o valor da obra do papagaio.

Depois de muito meditar, decidi que valeria a pena apensá-lo às memórias, para que o leitor pudesse avaliá-lo por si próprio. Quem não gosta de especular sobre esse gênero de imbróglio literário? Segue, então, o dito capítulo, tal como chegou a mim, sob o mesmo título, sem censura ou corte. Somente os erros de português foram suprimidos, achei que ficava melhor assim. Mas as falhas de estilo e os desvarios linguísticos e filológicos, deixei como estão, pois se os suprimisse não sobraria quase nada.

# VXIIII.

## *Um capítulo apócrifo*

NO PREFÁCIO destas minhas memórias, disse ao leitor que poderia ir enganando a fome com uns grãos de verdade colhidos no ramo fantasioso das narrativas. Ao reler estas tantas páginas, não me espanta, contudo, que o referido leitor ainda esteja com fome. É que, no meio da folhagem exuberante da ficção, há bem pouca verdade, quase nada. De que adiantam os matizes raros das inflorescências se não se dignam de dar frutos? Há lá alguma coisa, aventuram os botânicos mais zelosos. Muito sérios, munidos com uma lupa, chegam a adivinhar algo ínfimo. São uns grãozinhos miúdos e enrugados com os quais se não há de alimentar o espírito crítico.

Nesse capítulo que faltava ao livro, ofereço-lhe um prato cheio, não de iguarias, mas de comida honesta. Depois de tantos elogios à índole do papagaio, à sua inteligência, à sua esperteza, à sua formosura, à sua sapiência, à sua bravura, à sua prudência, (...), deixei de descrever o traço mais fundamental da dita ave, quero dizer, da minha espécie *(sic)*. Um tanto volúvel, não tem grande apreço pela verdade. Suas *(sic)* convicções oscilam com a mesma facilidade com que tremem os raminhos de um bambuzal atravessado pelo sopro mais tênue.

Assim, por exemplo, se hoje o papagaio se diz ícone da identidade nacional brasileira, não é o que se verifica antes da Independência. Mesmo um exame apressado da historiografia logo o revela confesso colonialista. Frei Vicente de Salvador (*apud* Oswald de Andrade) conta que os loiros daqueles tempos, empoleirados, repetiam com grande convicção: "Papagaio Real! Para Portugal! Para Portugal! Papagaio Real! Para Portugal!" Sinalizavam, assim, a aprovação da ganância metropolitana que remetia a Portugal todas as riquezas da terra, papagaios inclusive. Esse fato ilustra a minha teoria segundo a qual os papagaios são uns vira-folhas.

Sendo assim, toda aquela retórica da conclusão de que as musas mentirosas engambelariam o pobre e inocente papagaio não passa de papo para boi dormir. A bem da verdade, o papagaio é a mais sutil e traiçoeira das aves. Intrinsecamente falso e dissimulado, deita toda a fiabilidade do discurso a perder com a hábil manipulação das figuras de linguagem. Com efeito, em suas palavras, a perfídia reina solta. Não por acaso, o termo "arara" (uma variante de papagaio, não é preciso dizer), muita vez, é empregado como sinônimo de mentira; o povo, com sua sabedoria salutar, fala por aí que o crédulo ou o inocente "engole araras".

Analogamente, o papagaio é descrito como um loroteiro de marca maior. Tenho por mim que, em sua etimologia, que os dicionaristas dão por obscura, a palavra "lorota" seria derivada do nome próprio comumente atribuído aos papagaios, qual seja, "louro". Basta acrescentar o sufixo diminutivo irregular "-ta" (também encontrado em palavras como aldeota, muleta, marmota) a "louro" e tem-se "lourota". Subtrair um u-zinho não nos custa quase nada, ora, nem é mesmo uma vogal, não passa de uma mísera e irrisória semivogal. Ademais, segundo uma legião de gramáticos, os ditongos crescentes não são sequer considerados estáveis; imaginem, desestruturam-se nos contextos fonéticos mais bobos de encontros consonantais. Tanto essa minha teoria é verdade que, em espanhol, louro, com o sentido de papagaio, diz-se "loro". Um -ou- vira um -o- em um piscar de olhos, sem provocar o menor espanto.

Papagaio loroteiro que sou, concluo este derradeiro capítulo com essa pseudo, posto que verossímil, etimologia. Espero, com minha especulação filológica, ter lançado novas luzes em uma questão que intriga os eruditos há séculos, a saber, as raízes do vocábulo "lorota". Pretendo que neste, como em outros casos, a origem da palavra torne manifesta toda a verdade obscurecida pela corrupção da linguagem original, em que papeavam Adão, Eva e a Serpente nos jardins antediluvianos.

Elípticas, as palavras guardam, no arranjo das letras assim ou assado, a essência mesma de seu significado. São, por natureza, animosas, cândidas, desnorteadas, adoráveis, duras, equipolentes, cínicas, justas, ácidas, hesitantes, cálidas, sinistras, pendulares. Aos que saírem em defesa da honestidade do Louro (sic), discordando da minha sólida teoria filológica, e aos partidários da teoria da convencionalidade da linguagem, pela qual sinto dizer não sentir grande apreço, respondo com duas palavrinhas que resumem toda a minha douta e monológica ciência: passar bem.

Este livro foi composto na tipologia Minion Pro,
em corpo 11,5/15, impresso em papel OFF-White 90g/m²,
no Sistema Cameron da Divisão Gráfica
da Distribuidora Record.